DAS BUCH

Beim Meerjungfrauen-Kostümwettbewerb
herrscht starke Konkurrenz, zumal sich eine Prominente
heimlich unter die Teilnehmerinnen gemischt hat.
Der Fotograf, der die Mädchen begleitet,
wittert seine Chance, ganz groß herauszukommen.
Auf einmal ist er verschwunden. Zwei Jungen auf Klassenreise
buddeln seinen Leichnam kurz darauf am Strand aus.
Zum Entsetzen der Küstenbewohner und Urlauber geschieht ein
weiterer Mord.
Der schlimme Verdacht einer Mordserie beschäftigt das Team
um Hauptkommissarin Bähr und Oberkommissar Lux.
Der fühlt sich inzwischen im Norden angekommen, ist frisch in
einer Beziehung und eigentlich schon in Urlaubsstimmung ... als
er plötzlich entscheiden muss, auf wessen Seite er steht.

Als Team unschlagbar: Die taffe und temperamentvolle Gesa
Bähr, ein Fels in der Brandung der Verbrechensbekämpfung und
Niklas Lux, der eigensinnige Ermittler mit dem kühlen Verstand.

Jede Menge Spannung und immer eine frische Brise Humor!
Erleben Sie die malerische Ostseeküste
von ihrer aufregendsten Seite!

Jeder Fall der Ostseekommissare Lux und Bähr
ist ein in sich abgeschlossener Roman und
kann einzeln gelesen werden.

Auch Umwege
erweitern
unseren Horizont.
(Ernst Ferstl)

INHALT

Mittwoch

1. Kapitel

Was ist denn da los?

Kopfschüttelnd betrachtet Veit Grote die immer länger werdende Schlange junger Mädchen vor dem Eingang der Tourismusinformation. Das Büro des sechzigjährigen Hafenmeisters befindet sich im selben Gebäude. Wie so oft sitzt er morgens im Strandkorb neben der Treppe und raucht gemütlich seine Pfeife. Den Hafen hat er auch von hier aus gut im Blick.

Nur mit der Ruhe ist es heute schnell vorbei.

Die Mädchen nebenan lachen und erzählen laut.

Ein Geschnatter ist das.

Schlimmer als die Enten im Hafenbecken.

Veit Grote streckt die Beine aus und blinzelt gelangweilt in die Junisonne.

»Moin, Veit!«, begrüßt ihn Jutta Petersen von der Gemeinde, während sie eilig vom Fahrrad steigt.

Sie winkt ihm nur kurz zu: »Ich bin spät dran!«, ruft sie. »Ist Piet Schöller schon eingetroffen?«

»Wer soll dat denn sein?«

»Mensch, Veit, dir wächst wohl langsam Seetang in deinen Ohren. Piet Schöller ist der Fotograf, von dem ich dir gestern erzählt habe.«

Hafenmeister Grote nimmt ein Päckchen Tabak aus seiner Jackentasche und stopft in aller Ruhe seine Pfeife nach. »Ach, den meinst du!«, brummt er. »Der holt sich nur schnell was zum Futtern vom Fischer Friese, soll ich dir ausrichten.«

Jutta zieht verärgert die Mundwinkel nach unten.

Auch das noch!

Sie schaut abwechselnd auf ihre Armbanduhr und die Gruppe wartender Mädchen.

Das sind mindestens zwanzig an der Zahl.

Mit einem solchen Andrang hatte sie nicht gerechnet. In einer Stunde beginnt die Gemeinderatssitzung, an der sie unbedingt teilnehmen möchte. Heute wird über die Bewerbung der Sponsoren für das nächste Hafenfest entschieden. Der neue Hauptsponsor soll ausgewählt werden.

Nicht ohne mich.

»Hallo, Moin, die Damen!« Jutta klappert mit ihrem Schlüsselbund und drängelt sich an den kichernden jungen Frauen und Mädchen vorbei.

»Nun macht mal Platz, damit ich die Tür aufschließen kann«, ruft sie. Ihre Stimme klingt genervt. »Sind alle wegen der Anmeldung zum Meerjungfrauen-Kostümwettbewerb hier? Oder hat jemand ein anderes Anliegen? Dann bitte schnell die Hand hoch!«

Niemand meldet sich.

Die Bewerberinnen stürmen jubelnd das Tourismusbüro und Jutta ahnt, dass sie sich schleunigst etwas einfallen lassen muss, wenn sie pünktlich bei der wichtigen Sitzung erscheinen will.

2. Kapitel

»Piet! Warte mal!«

Der Fotograf Piet Schöller stopft sich den Rest seines Fischbrötchens in den Mund und dreht sich um.

Er erschrickt.

Was will die denn hier?

»Na?«, säuselt die Frau. »Mit mir hast du bestimmt nicht gerechnet!«, sagt sie spitz und wirft ihre blonde Mähne mit Schwung über ihre schmalen Schultern.

»Was willst du, Suse? Ich hab keine Zeit, bin bei der Arbeit«, murrt Piet. »Können wir die Sache zwischen uns nicht ein anderes Mal klären?«

»Hältst wohl nach Frischfleisch Ausschau? Du Bastard!«, faucht ihn die Blondine an. Ihr üppiger Busen hüpft dabei angriffslustig unter dem engen Pulli.

Piet Schöller verdreht die Augen. Die hat ihre Körbchengröße noch einmal nach oben operieren lassen, denkt er.

Ob ihr das noch was nützt?

»Suse«, beschwichtigt er seine alte Bekannte. »Sei bitte nicht so nachtragend.« Doch die Frau kommt jetzt erst richtig in Fahrt und versperrt ihm wütend den Weg.

»Nachtragend nennst du das?«, kreischt sie. Sie nimmt einen braunen Umschlag aus ihrer Handtasche und haut ihn dem Fotografen um die Ohren. »Da hast du!«, schreit sie.

Piet wehrt die Schläge mit dem Arm ab und reißt ihr den Umschlag aus der Hand. »Hör auf und rede bitte leise!«, flüstert er. »Was sollen die Leute denken?«

Suse schaut zum Verkaufsstand von Fischer Friese.

Alle Augen der Kunden sind auf sie und den Fotografen gerichtet.

Piet Schöller schiebt die aufgebrachte Suse schnell in die nächste Seitenstraße. »Was ist denn mit dir los?«, fragt er. »So kenne ich dich ja gar nicht. Komm heute Abend um neunzehn Uhr zum Jachthafen, dann besprechen wir alles in Ruhe. Ich lad dich ein. Gläschen Wein? Oder auch zwei. Na, los!«

Suse schnauft aufgeregt. Ihr gebräuntes Gesicht ist puterrot angelaufen. »Wenn du mich wieder verarscht, wirst du

mich noch ganz anders kennenlernen!«, droht sie. »Öffne ruhig mal den Umschlag! Dann weißt du, was ich meine.«

3. Kapitel

Piet Schöller hat es sich im Schaukelstuhl neben dem Gummibaum gemütlich gemacht. Lässig wippt er darin auf und ab.

»Dreh dich noch mal! Du kannst das«, nuschelt er, während er gelangweilt auf dem Gehäuse seines Kugelschreibers herumkaut.

Ein Mädchen im Gymnastikanzug läuft vor ihm hin und her und versucht sich erneut an einer Pirouette.

»Na, geht doch. Nun zeig mal deine Kostümfotos!«

Die schüchterne Achtzehnjährige reicht ihm zwei Farbausdrucke.

»Hübsch«, meint der Fotograf und nickt anerkennend. »Wenn du das Bikinioberteil weglässt und dir die Muscheln auf die Haut klebst, wär's allerdings geiler.«

Hab ich »geiler« gesagt?

Piet Schöller räuspert sich. »Interessanter, wollte ich sagen. Ist ja ein Wettbewerb. Ich meine es nur gut mit dir. Du hast Potenzial.«

Seine Augen leuchten, als er den grazilen Körper des Teenagers begutachtet.

»Du bekommst die Startnummer 1«, erklärt er gönnerhaft.

»Die Nächste! Hopphopp!« Er schaut auf die runde, weiße Uhr über dem Tresen der Tourismusinformation.

Schon eine Stunde vergangen.

Kaum, dass er angekommen war, wurde er von Jutta Petersen kurzerhand mit der Anmeldung für den Meerjungfrauen-Kostümwettbewerb betraut. Angeblich hat sie einen wichtigen dienstlichen Termin.

Irgendwie ist das nicht mein Tag heute.

Erst die unverhoffte Begegnung mit Suse und dann halst mir die Gemeindetante auch noch den Papierkram auf.

Das wird mit vollem Stundenhonorar abgerechnet, liebe Dame.

Piet ärgert sich. Die heutige Aktion verspricht leider wenig Erfolg für sein Nebengeschäft. Die Mädchen sind sehr jung und unerfahren.

Ob die wirklich schon alle achtzehn sind, wie der Wettbewerb vorschreibt? Na, ist nicht mein Problem, denkt er, und winkt die nächste Bewerberin einfach durch.

»Ich bin mir sicher, dass du ein schönes Kostüm hast«, erklärt er dem verblüfften Mädchen.

Für Piet ist sie völlig uninteressant und Frau Petersen hat ja gesagt, dass alle an dem Wettbewerb teilnehmen dürfen. Er sollte lediglich die Bilder mit den Kostümen prüfen, damit es bei der Präsentation keine unliebsamen Überraschungen gibt.

Haha!

Piet Schöller muss innerlich grinsen. Mit den biederen Kostümen dürften die Mädels auch im Kindergarten auftreten.

Na ja, ist halt Provinz hier an der Küste.

Den Job hätte ich mir ersparen können.

»Wer ist als Nächstes dran?«, ruft er den restlichen Bewerberinnen zu.

Ein großes, schlankes Mädchen mit Turban und dunkler Sonnenbrille tritt aus der Reihe und stellt sich vor den Fotografen.

»Hoppla! Wer bist du denn?« Schöller richtet sich in seinem Schaukelstuhl auf.

Endlich eine mit Format.

Gemachte Möpse.

Die weiß, was sie will.

»Nimm mal die Brille ab!«, fordert er. »Ich kauf hier nicht die Katze im Sack. Ihr wisst ja, die Gewinnerin bekommt ein Fotoshooting in der Hauptstadt.«

So hat es Piet Schöller Frau Petersen versprochen. Er muss nur noch das passende Studio finden.

Kommt Zeit, kommt Rat.

»Muss ich?«, haucht die junge Frau. Ihre vollen Lippen glänzen feucht vom Lipgloss.

Piet bleibt hart: »Ja.«

Sie schiebt ihre Brille hoch und flüstert. »Aber nur kurz, ich habe eine Bindehautentzündung.«

Blödsinn denkt der Fotograf, als er ihr in die stahlblauen Augen sieht.

Kenn ich die?

Was soll der alberne Kopfschmuck?

»Haarfarbe?«, will er wissen.

»Unterschiedlich«, weicht die junge Frau seiner Frage aus. »Zum Wettbewerb werde ich blond sein. Passt ja am besten zu meinem Kostüm.«

»Okay«, stöhnt Schöller.

Was für eine Diva.

»Zeig mal deine Bilder!«

Während er die Fotos betrachtet, pfeift er anerkennend durch die Zähne.

»Na, das sieht doch sehr ansprechend aus. Ist hoffentlich selbstgenäht?«, fragt er. Frau Petersen hat ihn mehrmals darauf hingewiesen, dass es ein Kostümwettbewerb ist und die Veranstalter großen Wert auf Eigenkreationen legen.

»Selbstverständlich!«, zischt die junge Dame ihm zu. »Willst du mich beleidigen? Ich nähe alle meine Sachen selbst.«

Piet schüttelt mit dem Kopf.

»Warum sollte ich? Hier unterschreiben und dann bist du dabei.«

»Danke schön«, antwortet sie schnippisch. »Soviel ich weiß, dürfen sowieso alle mitmachen.«

»... die ein anständiges, selbstgefertigtes Kostüm vorweisen können«, fällt ihr der Fotograf ins Wort.

Er steht aus dem Schaukelstuhl auf und knöpft sich das bunte Hawaiihemd, das er offen über einem weißen T-Shirt trägt, wieder zu.

Er hat es auf einmal sehr eilig. Plötzlich ahnt er, wer

die junge Frau ist, die versucht hat, ihr Äußeres so gut wie möglich vor ihm zu verbergen. Sophia Hermann, steht auf der Liste von Frau Petersen.

Haha, der Name ist garantiert Fake.

Er bittet die übrigen Mädchen, zu dem Tisch neben dem Prospektständer zu kommen.

»So, ihr letzten vier, legt mal eure Fotos auf den Tisch, damit ich die schneller begutachten kann.«

»Dann sehen ja die anderen mein Kostüm schon vorher!«, mosert ein kurzhaariges, sportliches Mädchen im Jogginganzug.

Piet Schöller fährt sich nachdenklich durch die pomadigen Haare.

»Stimmt, da hast du recht«, sagt er. »Wie heißt du denn?«

»Wenke Iversen.«

»Schön, schlaue Wenke. Dann komm mal hier herüber zum Fenster und zeig mir deine Bilder!«

Als Piet am Fenster steht, erkennt er mehrere diskutierende Menschen, die sich auf ihre Rollkoffer aufstützen.

Urlauber.

In zehn Minuten öffnet die Tourismusinformation für alle.

Dann muss er das Schild »Vorübergehend geschlossen« entfernen und die Leute hineinlassen.

Frau Petersen kümmert sich dann wieder um die Urlauber oder sie wird eine Vertretung schicken, hat sie Piet versprochen.

Na, hoffentlich!

»So, zack, zack! Die Nächste zu mir ans Fenster«, kommandiert er.

»Hier ist gleich Feierabend.«

Piet Schöller kann es kaum erwarten, mit seiner Agentur in Berlin zu telefonieren. Wenn sich seine Vermutung darüber, wer die geheimnisvolle Teilnehmerin sein könnte, bestätigt, wird der Wettbewerb doch noch ein lohnendes Geschäft für ihn.

Er benötigt dringend Geld.

Suse wird sonst keine Ruhe geben.

Diese hinterhältige Schlampe.

4. Kapitel

Eva Steinert wedelt mit einer Handvoll bunter Postkarten vor der Nase ihres Mannes.

»Nun haben wir endlich einen Briefkasten gefunden, aber leider fehlen die Marken auf den Urlaubskarten«, wirft sie ihm vor. »Bevor wir weiter zum Strand laufen, besorgst du die bitte noch, Joachim!«

Ihr Mann hebt entschuldigend die Hände. »Ja, ja, ich weiß, ich hatte vergessen, die Briefmarken zu kaufen. Ich gehe ja schon.«

Während Joachim auf die andere Seite der Promenade zu einem Kiosk läuft, betrachtet Eva stolz ihre Ansichtskarten.

Sie hat dieses Mal besonders fleißig an alle Daheimgebliebenen im Schwarzwald geschrieben.

Die Freunde aus der Kegelgruppe werden Augen machen, wenn sie die ungewöhnlichen Grüße erhalten.

Ein verschmitztes Lächeln huscht über das Gesicht der Siebzigjährigen, denn auf jedes der Kartenmotive ist die Aufschrift »Gruß aus Kalifornien« gedruckt worden. Dabei handelt es sich bei ihrem Urlaubsort um ein beschauliches Seebad an der schleswig-holsteinischen Ostseeküste. Wegen der Namensgleichheit mit dem berühmten amerikanischen Kalifornien werden diese Postkarten am häufigsten verkauft. Obwohl sie teurer sind, wie Eva erstaunt feststellen musste. Aber ihr war's egal. Diesen Spaß wollte sie sich nicht nehmen lassen.

Ihr Mann ist inzwischen mit den Briefmarken zurückgekehrt.

»Das ging ja fix, mein Schatz«, lobt sie und belohnt ihn mit einem Kuss auf die Wange. »Lass uns schnell die Marken aufkleben und dann geht's endlich ab zum Strand.«

Eva wischt sich eine Haarsträhne aus dem Gesicht: »Ein Wind ist das heute. Wie gut, dass ein Strandkorb zu unserer Ferienwohnung gehört.« Sie tätschelt ihrem Mann den Arm. »Alles richtig gebucht, Joachim.«

Nur kurze Zeit später sitzen die beiden in ihrem Strandkorb in der letzten Reihe vor den Dünen. Der blau-weiß gestreifte Korb steht leicht erhöht und bietet beste Sicht bis hinunter zum Wasser.

Zufrieden schaut Joachim durch sein Fernglas.

Er liebt es, die Schiffe am Horizont zu beobachten oder den Möwen bei ihrem täglichen Streit um die Brotreste zuzusehen.

Vorn am Ufer graben zwei junge Mädchen ein großes Loch in den Sand. Joachim muss sofort an seine beiden Töchter denken. Als die im Alter von zwölf und dreizehn Jahren waren, haben sie ebenfalls tiefe Krater in den Sand gebuddelt und erst damit aufgehört, wenn das Ostseewasser hervorgetreten ist.

Joachim seufzt.
Die Zeit ist seitdem wie im Flug vergangen.
Inzwischen erwartet seine Älteste im Herbst das erste Kind.
Wir werden Großeltern, hat Eva ihm stolz verkündet.
Joachim kann es kaum erwarten.
Plötzlich sieht er durch sein Fernglas, wie ein Mann in einem bunten Hemd auf die beiden Teenager zugeht und genau neben den Mädchen stehen bleibt.
Joachim ärgert sich.
Der Kerl verdeckt mir mit dem Rücken die Sicht!
Er stellt das Objektiv an seinem Fernglas schärfer.
Was will der Mann von den Kindern?
Aufgeregt rutscht er neben seiner Frau hin und her.
Sie stößt ihm in die Seite. »Hast du etwas Spannendes entdeckt?«, erkundigt sie sich.
»Möglich. Siehst du den Typen dort vorn am Ufer, Evchen?«
»Meinst du den Mann im Hawaiihemd?«
»Ja, so heißen die Dinger wohl«, brummt Joachim.
»Sehe ich. Na und? Vielleicht ist er der Vater oder Onkel?«
»Nee, die beiden Mädchen waren gestern schon hier. Die gehören zu der Schulklasse.«
»Ach, die wilde Meute meinst du. Die wohnen auch in Kalifornien, aber im Naturfreundehaus.« Eva lacht. »Gestern habe ich den Fehler begangen, zur gleichen Zeit wie die dreißig Kinder im Supermarkt einzukaufen. Eine halbe Stunde habe ich an der Kasse verbracht.« Sie nimmt ihre Sonnenbrille aus der Badeta-

sche. »Erinnerst du dich? Du wolltest mich schon vermisst melden«, sagt sie zu ihrem Mann.

Doch Joachim hat gar nicht zugehört.

Er springt aus dem Strandkorb.

»Jetzt quatscht der Kerl die Mädchen an«, ruft er aufgeregt.

»Das ist doch nicht verboten, Joachim.«

Eva stellt sich neben ihn und streichelt ihrem Mann den Arm: »Aber ich finde es toll, dass du so wachsam bist.«

»Es passiert einfach zu viel«, meint er und setzt das Fernglas ab. »Ich geh mir die Beine vertreten und prüfe mal mit den Füßen, wie kalt das Wasser ist.«

»Du möchtest nur näher bei dem Mann und den Mädchen sein. Gib es doch zu!«, lästert seine Frau.

»Und wenn schon?«, wehrt sich Joachim. »Ist vielleicht besser so.«

Eva gibt sich geschlagen. »Na, wie du meinst«, sagt sie leise.

Es hat ja keinen Zweck, mit ihm zu diskutieren.

Wenn ihr Mann glaubt, dass Kinder in Gefahr sind, ist er nicht mehr er selbst. Es muss ein Trauma sein, das er nicht verarbeitet hat, vermutet Eva. Leider blockt Joachim bei dem Thema jedes Mal ab.

Mit Grausen erinnert sie sich daran, als ihre Töchter das erste Mal in die Disko zum Tanz wollten und Joachim die beiden begleitet hat.

Nun passt er wieder auf wie ein Schießhund, denkt sie, dabei ist der Lehrer ganz in der Nähe. Die Mädchen sind nicht allein am Strand. Aber Joachim kann einfach nicht aus seiner Haut.

»Der Kerl beugt sich zu den Mädchen hinunter«,

flüstert er. Seine Stimme überschlägt sich fast. »Erkennst du es auch?«

»Ja«, erwidert Eva ganz in Ruhe, »und gerade steht der Mann wieder auf und geht weiter.«

»Tatsächlich. Er haut ab«, muss Joachim kleinlaut zugeben.

Eva zieht ihren Mann am Shirt zurück in den Strandkorb. »Komm, setz dich wieder!« Sie reicht ihm einen Apfel.

»Iss mal! Das beruhigt«, sagt sie. Dann lehnt sie sich zurück und kuschelt sich in ihr Handtuch.

Herrlich angenehm, die warme Junisonne.

Sie ist müde. Letzte Nacht hat sie schlecht geschlafen. Joachim hat sich ständig hin und her gewälzt und außerdem laut geschnarcht.

Eva schließt die Augen und döst ein wenig vor sich hin. Als sie eine Weile später in ihrem Strandkorb wieder aufwacht, tastet sie sofort mit der Hand nach ihrem Mann.

»Joachim?«

Doch der Platz neben ihr ist leer.

Eva steht auf und stellt sich auf Zehenspitzen in den Sand. Ihre Augen suchen den Strand und das Ufer ab. Keine Spur von Joachim. Die beiden Mädchen, auf die er eben noch aufgepasst hat, sind auch verschwunden.

Enttäuscht lässt Eva sich in die Polster des Strandkorbs zurückfallen. Vielleicht ist ihr Mann nur zur Toilette, tröstet sie sich. Sie hatte ja geschlafen.

Wahrscheinlich hat er mich nicht aufwecken wollen.

Er kehrt bestimmt gleich zurück.

Sie kramt nach ihrem Handy, um zu schauen, wie

spät es ist.

Mist! Joachims Handy liegt in meiner Handtasche.

Er hatte es ihr bei ihrer Ankunft am Strand gegeben, weil es ihn in der Hose gestört hat.

Wie soll ich ihn jetzt erreichen?

Wie lange ist er überhaupt schon weg?

5. Kapitel

Kriminalobermeisterin Lisa Rückert schaut sehnsüchtig von ihrem Computerbildschirm zum Fenster hinüber.

Was für ein schönes Frühsommerwetter!

Temperaturen wie zur Hauptsaison und dazu strahlend blauer Himmel.

Wer würde da nicht lieber am Strand spazieren, statt im Büro zu hocken und Akten für die Statistik zu digitalisieren? Der Lux hat wieder alles richtig gemacht, denkt sie.

Ab morgen hat der Oberkommissar Urlaub. Gerade bespricht er mit Hauptkommissarin Bähr die letzten Details der Übergabe.

Vertretung gibt's für Niklas Lux natürlich keine. Dafür ist die Außenstelle der Bezirkskriminalinspektion im Ostseebad Laboe zu klein, hat die Chefin Lisa und Stefan verkündet. Die anstehenden Aufgaben werden innerhalb des Teams aufgeteilt und der Polizeischüler Lasse soll weniger bei der Schutzpolizei eingesetzt werden und dafür die Kripo mehr unterstützen.

Ade, pünktlicher Feierabend.

Willkommen, Überstunden!

Lisa bindet sich ihren blonden Pferdeschwanz neu und nimmt einen Schluck aus der Wasserflasche. Neugierig beobachtet sie eine kleine Möwe, die seit ein paar Minuten auf dem Fensterbrett hin und her tippelt.

Die kommt öfter hierher.

Lisa hat sie an dem gelben Punkt auf ihrem roten Schnabel erkannt. *Niedlich, wie sie den Kopf schräg hält.*

Aber »Füttern verboten«, hat Hauptkommissarin Gesa Bähr alle ermahnt. »Sonst werden wir die nimmersatten Biester nie wieder los.«

Lisa muss ihrer Chefin recht geben. Die Fensterbretter vom ersten Obergeschoss des blau getünchten Jugendstilgebäudes sind schon so dermaßen verdreckt, dass man einen Spachtel benötigt, um den hartnäckigen Möwenkot abzukratzen. Außerdem – so dicht am Hafen von Laboe leiden die Vögel keinen Hunger.

Die zahlreichen Urlauber und Tagesbesucher werfen ihnen ständig irgendwelche Happen zu. Manchmal sind es sogar halbe Fischbrötchen, die von den Ausflugsdampfern über die Reling fliegen. Das sei nichts Ungewöhnliches, versicherte Hafenmeister Grote Lisa bei ihrem letzten Einsatz. Nur hat in diesem Fall ein ungeschickter Gast einen Mitreisenden am Kopf getroffen, sodass dessen Brille entzweiging und alles in einer handgreiflichen Auseinandersetzung endete.

Lisa schüttelt den Kopf, wenn sie daran zurückdenkt.

Dass einige Leute selbst im Urlaub so eine kurze Zündschnur haben müssen.

Den Vorfall hätte man ohne Polizei über die Versicherung regeln können. Nun gibt es nicht nur eine kaputte Brille zu beklagen, sondern auch noch ein blaues Auge für den fahrlässigen Werfer und deshalb eine Anzeige wegen Körperverletzung für den jähzornigen Brillenträger.

»Wie weit bis du eigentlich mit dem fliegenden Fischbrötchen, Stefan?«, fragt Lisa ihren Kollegen Kriminalmeister Stefan Voß, der den Fall abschließend bearbeitet.

»Hör bloß auf! Die Streithähne reden nur noch über ihre Anwälte. So ein Kinderkram.«

Es klopft an der Tür zum Großraumbüro der Kripo Laboe.

Polizeimeister Iversen von der Schutzpolizei aus dem Erdgeschoss steckt seinen Kopf durch den Türrahmen.

»Moin, zusammen. Stör ich?«

»Kommt drauf an, was du möchtest, Iversen.« Stefan lacht.

»Ich frage nicht für mich, sondern für meine Nichte Wenke.«

»Spuck's aus«, ermuntert ihn Stefan.

»Es ist eher eine Angelegenheit für Lisa.«

»Ach so.« Stefan ist enttäuscht und liest weiter in der vor ihm liegenden Akte.

»Wo kann ich helfen?«, fragt Lisa sofort. Sie ist froh über die Ablenkung. Bei der Bearbeitung des trockenen Papierkrams vergeht die Zeit bis zum Feierabend sonst überhaupt nicht.

Iversen nimmt sich einen Besucherstuhl und setzt sich zu Lisa an den Schreibtisch.

Er räuspert sich verlegen. Dann zieht er eine kleine, quadratische Schachtel Pralinen aus der Innentasche seiner Uniformjacke.

»Wie soll ich's sagen? Also, ich habe Mist gebaut«, beginnt er stockend.

Stefan, der Lisa gegenübersitzt, hebt neugierig den Kopf.

»Nicht, was du wieder denkst, Vossi!«, meint Iversen. »Es ist privat. Mein Schäferhund Harro hat das Meerjungfrauenkostüm meiner Nichte, sagen wir mal, anprobieren wollen.«

Stefan hält sich die Hand vor den Mund, um nicht laut loszuprusten.

»Das ist nicht witzig, Stefan!«, schimpft Lisa. »Ich kann mir schon denken, was du von mir möchtest, Iversen.«

Der Polizeimeister schiebt Lisa die Pralinenschachtel mit dem Aufdruck »Kleiner Dank« über den Schreibtisch. »Bitte, ich weiß, du hast nicht viel Zeit, aber du kannst doch nähen und besitzt eine Nähmaschine …«, bettelt er.

»Nicht ich, sondern meine Mutter«, korrigiert Lisa den Kollegen. »Aber vielleicht lässt sich das Kostüm auch mit der Hand reparieren«, tröstet sie Iversen, als sie in dessen erschrockenes Gesicht schaut. »Wie ist denn das Malheur passiert?«, will sie wissen. »Der Harro ist doch so ein Guterzogener.«

»Mein Hund kann nichts dafür!«, verteidigt Iversen seinen vierbeinigen Liebling. »Es ist meine Schuld. Ich hatte meine Nichte Wenke mittags in Kalifornien von der Tourismusinformation abgeholt und anschließend zum Schönberger Strand gefahren, wo sie als Rettungsschwimmerin arbeitet. Das Kostüm sollte ich später bei Wenkes Mutter, meiner Schwägerin, in deren Bademodenboutique in Laboe abgeben.«

»Ein straffes Programm für deine kurze Mittagspause, Iversen«, meint Stefan anerkennend.

»Du sagst es. Essen wollte ich ja auch noch etwas. Doch dann kam mir ein Anruf für einen Einsatz dazwischen: unerlaubtes Grillen am Strand. Beim Duft der Würstchen bin ich schwach geworden und hab mir erst einmal selbst eine Currywurst von der Pommesbude gegönnt …«

»Und weiter?«, fragt Lisa ungeduldig.

Iversen neigt dazu, sehr ausschweifend zu werden, bevor er auf den Punkt kommt.

»Zu guter Letzt rief meine Frau an, dass ich ein Paket von der Post abholen soll, bevor die über Mittag schließt.«

Iversen knetet nervös seine Finger. »An das Kostüm habe ich überhaupt nicht mehr gedacht. Es lag in einer Papiertüte auf dem Rücksitz, als ich meiner Frau das Auto vor ihr Büro gestellt habe. Ihr wisst ja, sie leitet die Ferienhausverwaltung in der Strandpromenade. Unseren Hund hat sie bei der Arbeit immer mit dabei.«

»Ich kann mir schon denken, was jetzt kommt …«, behauptet Stefan.

Iversen stöhnt auf. »Vor einer halben Stunde rief sie mich an und berichtete mir, dass Harro, der wie immer für die Heimfahrt auf die Rückbank gesprungen war, die Tüte und das Kostüm mit seinen Pfoten beschädigt hat.«

Lisa zieht nachdenklich ihre Stirn kraus. »Reingebissen hat er hoffentlich nicht?«

»Nein, das würde er nie tun!«, versichert Iversen. Er hält Lisa sein Handy unter die Nase. »So sieht der Fischschwanz meiner Nichte jetzt aus. Meine Frau hat ein Foto geschickt.«

»Oje!« Lisa schlägt die Hände über dem Kopf zusammen.

Iversen sieht sie zweifelnd an: »Meinst du, du bekommst das wieder hin? Noch heute Abend?«

Ehe Lisa ihm antworten kann, klopft es erneut an der Tür.

Der Empfangstresen, den sonst der Polizeischüler Lasse hütet, ist nicht besetzt, da Lasse Unterricht hat.

»Herein!«, ruft Stefan von seinem Platz durch das Büro.

Eine ältere Dame, die mit einer sportlichen Khakihose und einem weißen, mit Blumen bestickten T-Shirt bekleidet ist, betritt das Großraumbüro der Kriminalpolizei.

»Guten Tag! Ich soll mich hier melden«, sagt sie.

Alle im Raum spüren, dass sie sich extra um einen gefassten Ton bemüht. Aber ihre geröteten Augen und die verlaufene Wimperntusche verraten, dass sie erst vor Kurzem viel geweint hat.

Lisa springt von ihrem Stuhl auf und läuft zum Tresen vor.

»Was kann ich für Sie tun?«, fragt sie freundlich.

»Mein Mann ist weg«, stammelt die Frau.

Polizeimeister Iversen und Stefan werfen sich vielsagende Blicke zu.

Passiert, denkt Iversen.

Aber muss das ausgerechnet jetzt sein, wo ich mit Lisa über die Reparatur des Meerjungfrauenkostüms reden möchte?

»Wie heißen Sie denn?«, will Lisa von der Frau wissen.

»Eva Steinert und ich möchte meinen Mann, Joachim Steinert, als vermisst melden.«

»Seit wann haben Sie denn nichts mehr von ihm gehört?«

Eva schaut auf die Uhr über der Bürotür: »Es sind ungefähr fünf Stunden vergangen, seit er seinen Platz im Strandkorb verlassen hat. Ich saß genau neben ihm und war nur ganz kurz eingeschlafen.«

Stefan muss sich Mühe geben, nicht laut aufzustöhnen.

Vielleicht wollte der Ehemann im Urlaub einfach mal allein sein. Mitleidig schaut er zu seinem Kollegen der Schutzpolizei. Der sitzt immer noch an Lisas Schreibtisch und wartet.

Hoffentlich ist Lisa bald fertig mit der Frau, dem Iversen muss endlich geholfen werden, denkt Stefan.

Das kann doch nicht wahr sein!

Jetzt begleitet Lisa die Frau in die Besucherecke und bietet ihr etwas zu trinken an.

»Das ist in der Tat verwunderlich, Frau Steinert. Aber bestimmt klärt sich alles schnell auf«, tröstet Lisa die aufgeregte Urlauberin. »Für eine Vermisstenanzeige müssen Sie nicht vierundzwanzig Stunden warten, da haben Sie ganz recht. Sie können das jederzeit tun. Aber damit wir nach Ihrem Mann polizeilich suchen, muss er schon in Gefahr sein oder sein gewohntes Umfeld länger als nur ein paar Stunden verlassen haben.«

»Das haben mir die Rettungsschwimmer auch so ähnlich erklärt. Aber Joachim bleibt nicht einfach weg! Sein Handy hat er auch nicht mitgenommen.«

»Und seine Brieftasche?«, hakt Lisa nach.

»Die trägt er immer in seiner Shorts in der Gesäßtasche.«

»Mhm.« Lisa gießt Eva Steinert Wasser aus der Karaffe in ein Glas.

Sie überlegt.

Vielleicht wollte der Mann nicht angerufen werden und hat seiner Frau das Handy absichtlich gegeben, bevor er sich aus dem Staub gemacht hat.

Lisa tut die Frau leid.

Ich kann sie doch nicht einfach so wegschicken und auf morgen vertrösten.

»Frau Steinert«, sagt sie, »ich werde Ihre Anzeige jetzt aufnehmen. Bitte lassen Sie uns auch gleich ein aktuelles Foto des Vermissten da, falls Sie eines bei sich tragen.«

Eva kramt sofort in ihrer Handtasche.

»Später, Frau Steinert, später. Zuerst beantworten Sie mir bitte ein paar Fragen«, bittet Lisa. Sie breitet ein doppelseitiges Formular vor sich aus und greift nach einem Kugelschreiber auf dem Tisch.

Iversen hat Lisas bisheriges Gespräch mit der Urlauberin aufmerksam verfolgt.

Zwecklos, länger zu warten.

Enttäuscht steht er auf.

»Tschüss, Vossi, ich muss wieder runter«, sagt er leise zu Stefan und legt die Pralinenschachtel demonstrativ auf Lisas Tastatur. Dann geht er zur Tür.

Lisa hat ihn aus ihrem Augenwinkel heraus beobachtet.

»Bis später, Iversen!«, ruft sie ihm hinterher. »Ich melde mich nach Feierabend.«

Iversen strahlt

Alles klar.

Dankbar hält er den Daumen in Lisas Richtung hoch.

Die hilfsbereite Kriminalobermeisterin ist nicht umsonst die beliebteste Kollegin im Haus.

6. Kapitel

»Wie lange dauert das denn, Niklas?«, fragt Gesa. Ungeduldig schaut sie Oberkommissar Lux über die Schulter. Der versucht seit zwei Stunden, Ordnung in die digitale Ablage seiner Chefin zu bringen. Im Hintergrund laufen längst überfällige Updates der Standardprogramme und verbrauchen zusätzlichen Arbeitsspeicher, was Niklas die Arbeit an dem alten Computer nicht gerade erleichtert.

»Zimmermann muss uns endlich neue PCs genehmigen«, schimpft er.

Gesa verzieht das Gesicht, als hätte sie eine ganze Rolle saurer Drops gelutscht. »Das werde ich nicht mehr erleben und du, glaube ich, auch nicht, mein Lieber. Eher wird Lasse Leiter unserer Dienststelle, als dass der Geizhals Zimmermann in Kiel ein paar

Kröten für unsere EDV locker macht.«

»Mit ein paar davon ist es leider nicht getan«, meint Niklas und tippt ununterbrochen weiter.

Das dauert ja ewig heute!

»Ich bin doch nur eine Woche weg, Gesa«, tröstet er die Hauptkommissarin. »Zur Not kannst du Lasse fragen.«

»Die vertraulichen Sachen darf er als Polizeischüler nicht einsehen.«

»Ja, stimmt. Aber seine Hilfe wird nicht unbedingt nötig sein. Ich bekomme die alte Kiste gleich wieder flott, hoffe ich jedenfalls.«

Niklas lächelt Gesa an.

»Du könntest allerdings selbst ein wenig zur Beschleunigung beitragen«, sagt er. »Wenn du zum Beispiel in Zukunft regelmäßig Updates durchführst und deinen Papierkorb zwischendurch mal leerst. Dein Spam-Ordner im E-Mail-Postfach ist auch am Überlaufen.«

Gesa senkt schuldbewusst den Kopf.

Sie steht mit ihrem Computer auf Kriegsfuß. Schon immer.

»Was hast du eigentlich in deinem Urlaub vor, Niklas?«, versucht sie das ungeliebte Thema zu wechseln.

Seine Bitte um ein paar freie Tage kam recht kurzfristig. Aber bis auf die üblichen Bagatelldelikte ist es zurzeit ruhig in der Dienststelle. Deshalb hat Gesa ihm die Woche Urlaub ohne Murren genehmigt.

»Verreist du?«, fragt sie ihn.

Wird der jetzt rot?

»Nein, ich bleibe zu Hause.« Niklas' blaue Augen

leuchten verträumt. »Es ist ein wenig früh, um darüber zu reden«, antwortet er, »aber ich habe jemanden kennengelernt …« Sein markantes Gesicht bekommt plötzlich weiche Züge.

Gesa kneift verwundert die Augen zusammen.

Der Lux ist verknallt!

»Kenne ich sie?«, fragt sie neugierig. »Eine von uns aus dem Ort?«

An Bewerberinnen hat es dem attraktiven Kommissar bisher nie gemangelt.

»Gesa!« Niklas versucht, empört zu gucken, aber es gelingt ihm nicht.

»Na gut«, lenkt er ein. »Aber nicht weitersagen! Es ist Swantje Hussmann.«

»Hilf mir mal kurz auf die Sprünge! Der Name sagt mir jetzt nichts.«

»Die Anwältin aus Kiel. Sie war die Pflichtverteidigerin von Hagen Friese, im Fall des ermordeten Bruno Stöver.«

»Ach ja, ich erinnere den Namen aus der Akte. Ich hab sie selbst aber nie gesehen. Getroffen hast nur du sie«, antwortet Gesa enttäuscht.

Bin gespannt, wie die Frau aussieht.

»Hast du ein Bild von ihr?«

»Nein, hab ich nicht.«

»Nicht mal auf dem Handy?«

»Okay, überführt. Du gibst ja doch keine Ruhe.«

Niklas nimmt sein Handy aus der Hosentasche und öffnet die Bildergalerie. Er tippt auf das Selfie, das nur die Gesichter von ihm und seiner Freundin zeigt, und hält es Gesa vor die Nase.

»Ein Schnappschuss am Strand. Aber bitte, das

muss wirklich unter uns bleiben. Swantje und ich sind erst seit acht Wochen zusammen. Da wir beide so wenig Zeit haben, wollen wir den Urlaub nutzen, um uns besser kennenzulernen.«

Gesa nickt verständnisvoll.

So eine gemeinsame Woche hätte ihr und Niels von Isenberg sicher auch gutgetan.

Dann schaut sie auf das Foto.

Viel ist nicht zu erkennen.

Die Frau schmiegt ihren Kopf an Niklas. Ihre mittelblonden Haare trägt sie lose zusammengebunden. Das ebenmäßige Gesicht ist kaum oder gar nicht geschminkt. Sie sieht etwas kühl aus, findet Gesa, aber ihre großen Augen strahlen vor Glück.

Die beiden sind schwer verliebt.

Das erkennt man sofort.

Sie scheint nicht so jung zu sein wie die Letzte.

»Swantje ist achtunddreißig«, verrät Niklas Gesa mit einem Augenzwinkern. Er hat gemerkt, wie es im Kopf seiner Chefin rattert, während sie das Foto betrachtet. Außerdem weiß er um die alten Vorurteile.

Seine letzte Frauengeschichte hängt ihm wahrscheinlich ewig nach.

Gesa grinst und boxt ihm freundschaftlich in die Seite. »Ich hab doch gar nichts gesagt, Mensch! Ich freue mich für dich. Schönen Urlaub!«

7. Kapitel

Im Naturfreundehaus Kalifornien scheucht Volker Roloff die letzten Nachtschwärmer seiner siebten Klasse zurück in die Schlafräume.

Obwohl in der Herberge längst Schlafenszeit herrscht, toben die Teenager munter durch die Betten der Nachbarzimmer. Auch im Waschraum der Jungen ist es laut wie auf einer Kirmes.

Ihr Lehrer ist bereits auf dem Weg dorthin.

Es gab Beschwerden.

»Stopp!« Herr Roloff hebt die Hand und stellt sich den vier Mädchen, die ihm nur mit ihren Nachthemden bekleidet im Flur entgegenkommen, in den Weg. »Bitte verhaltet euch ruhig!«, ermahnt er sie. »Außer uns wohnen auch Familien mit kleinen Kindern im Haus. Die schlafen sicher schon.«

»Sorry, Herr Roloff. Wir legen uns jetzt sofort ins Bett«, versprechen die Mädchen. Leise kichernd laufen sie weiter und verschwinden schließlich am Ende des Flurs in einem der Eckzimmer.

Erschöpft lassen sich die vier sofort in ihre Betten fallen.

Ein langer Strandtag liegt hinter ihnen.

Die Nacht zuvor war auch sehr kurz. Da gab es eine Nachtwanderung durch die Salzwiesen und anschließend endlose Gespräche in den Zimmern.

Klassenreisen sind nicht zum Schlafen da.

Luisa gähnt. Sie beugt sich aus dem oberen Etagenbett zu ihrer Freundin Greta herunter: »Meinst du, dass der Mann am Strand es wirklich ernst gemeint hat?«, fragt sie, »dass ich mit dreizehn als Model arbeiten könnte?«

»Die Einwilligung deiner Eltern benötigst du in jedem Fall«, belehrt Greta ihre Freundin. Sie ist ein wenig neidisch, dass der Modelagent nur Luisa zu einem Casting eingeladen hat. Dabei findet Greta, dass sie mindestens genauso hübsch ist. Aber Luisa hat als Einzige aus der Klasse schon richtig viel Busen.

Wahrscheinlich ist es deshalb.

Aus einem der zwei Einzelbetten in dem Viererzimmer hebt ein anderes Mädchen ihren Kopf und mischt sich in das Gespräch der beiden ein. »Also ich wäre da vorsichtig«, warnt sie. »Du kennst den Mann doch gar nicht.«

Typisch Klassenbeste, Caro.

Die Streberin ist doch nur neidisch.

Luisa zieht sich ihre Zudecke bis unter das Kinn. Die Visitenkarte des Mannes hat sie unter ihr Kissen gelegt.

Er ist ein erfolgreicher Modefotograf aus der Hauptstadt.

Diese Chance lässt sie sich nicht entgehen.

Schule ist eh öde.

»Gute Nacht! Ich bin echt müde«, sagt sie zu den anderen und dreht sich zur Wand.

8. Kapitel

Endlich Ruhe.

Volker Roloff seufzt leise.

Wer weiß, wie lange.

Ruth Meise, die Deutschlehrerin seiner Siebten, hat hoffentlich unrecht. Die ältere Kollegin hat ihm eine zweite schlaflose Nacht prophezeit. Die Kinder seien mitten in der Pubertät. Erst gestern hat Frau Meise weit nach null Uhr ein Pärchen in einem Bett erwischt.

Volker hat deshalb alle Zimmer eben noch einmal kontrolliert.

Mehr kann er ja nicht tun.

Die kurz vor der Pensionierung stehende Ruth Meise hat sich bereits schlafen gelegt. Volker ist froh, dass sie ihn überhaupt auf der Klassenreise begleitet. Nachdem seine Referendarin plötzlich wegen einer Erkrankung verhindert war, ist die sorgsam geplante Reise beinahe ausgefallen.

Zum Glück hat doch noch alles geklappt.

Hier an der See ist es einfach herrlich ruhig und erlebnisreich zugleich. Die Kinder sind zwar wild, aber trotzdem entspannt und friedlich. Bisher gab es keine nennenswerten Streitigkeiten.

Der zweiundvierzigjährige Lehrer hat sich zum Ausklang des Abends auf die Terrasse des Naturfreundehauses gesetzt und genießt ein alkoholfreies Bier.

Mit dem Alkohol ist er konsequent. Wenn er mit Schülern unterwegs ist, trinkt er nichts. Das Bier ist eiskalt. Volker schüttelt sich.

Er fröstelt ohnehin.

Ich hätte mir einen Pullover unter die dünne Jacke ziehen sollen.

Die Nächte sind im Juni doch noch empfindlich kühl.

Volker zieht sich den Reißverschluss seiner Jacke hoch bis an sein Kinn. Entspannt streckt er die Beine unter den Gartentisch.

Während er dem Rauschen der nur hundertfünfzig Meter entfernten Ostsee lauscht, denkt er über den Ausflugsplan für morgen nach.

Die Jungen seiner Klasse wünschen sich, das U-Boot in Laboe zu besichtigen. Auch die meisten Mädchen haben Interesse daran bekundet, möchten aber unbedingt noch die meeresbiologische Forschungsstation besuchen.

Dafür wäre am Vormittag des Abreisetags Zeit, denkt er.

Wir werden morgen beim Frühstück gemeinsam darüber abstimmen.

An der interessanten Küste rund um Laboe fällt die Entscheidung für das Tagesprogramm schwer, wenn man nur zwei volle Reisetage zur Verfügung hat. Übermorgen Nachmittag geht es mit dem Bus schon wieder in die Heimat nach Bielefeld zurück.

Schade.

In den Ferien werde ich hier Urlaub machen.

Plötzlich hört Volker Schritte.

Hoffentlich ist es nicht einer meiner Schüler.

Er weiß von zweien, die heimlich rauchen.

Sofort steht er von seinem Platz auf und schaut sich auf dem spärlich beleuchteten Innenhof um. Am Ende vom angrenzenden Grillplatz erkennt er ein dunkelrotes Stück Stoff. Es hängt nur ein paar Meter neben dem fest installierten Grill über einem Strauch.

Sieht aus wie die Jacke seines Schülers Sven.

Dass mir die bisher nicht aufgefallen ist!

Er läuft hinüber, um die Jacke zu holen.

Doch auf einmal verschwindet diese, wie von Geisterhand gezogen, im Gebüsch.

Erschrocken bleibt Volker stehen.

Vielleicht eine Möwe auf Beutejagd.

Wenn sein Schüler Kekse oder einen Schokoriegel in der Tasche aufbewahrt hat, ist das durchaus möglich. Die gierigen Vögel zerren ja alles weg, was sie zwischen die Schnäbel bekommen.

Wieder hört Volker Schritte.

Dieses Mal sehr viel lauter und deutlicher.

Er dreht sich um und sieht einen menschlichen Schatten an der Hauswand entlanghuschen.

Irgendjemand rennt gerade vom Hof weg.

»Hallo?«, ruft Volker verwundert. Er hebt die Stimme nur ein wenig. Das Gelände ist hellhörig und er möchte die anderen Gäste im Haus nicht aufwecken.

Langsam geht er ein paar Schritte weiter in Richtung der dunklen Büsche. Genau an der Stelle, wo er die Jacke vermutet, bleibt er stehen.

Da liegt etwas!

Vorsichtig zieht er den roten Anorak an der Kapuze aus dem Dickicht.

Der gehört nicht seinem Schüler.

Der ist viel zu klein.

Volker nimmt ihn trotzdem an sich.

Wahrscheinlich gehört das Kleidungsstück zu einer

der jungen Familien, die im Naturfreundehaus Urlaub machen, denkt er und gähnt.

Müde reibt er sich die Augen. Erst jetzt spürt er, wie kaputt er ist.

Wird Zeit, ins Bett zu gehen.

Als der Lehrer zu seinem Platz auf der Terrasse zurückkehrt, sieht er einen dunkelbraunen DIN-A5-Umschlag neben seiner Bierflasche auf dem Tisch liegen.

Es war also doch jemand auf dem Hof!

Volker versucht, den Umschlag zu öffnen. Doch dieser ist zusätzlich mit einem Klebestreifen verschlossen worden. Volker hat Angst, den Inhalt beim Öffnen zu beschädigen, und beschließt, auf sein Zimmer zu gehen und dort in Ruhe nachzusehen.

Den restlichen Schluck Bier gießt er in die Blumenrabatte.

Irgendwie ist mir der Appetit vergangen.

9. Kapitel

Trotz der nächtlichen Kühle läuft Joachim Steinert der Schweiß in Strömen den Rücken hinunter.

Er schaufelt den Dünensand, als ginge es um sein Leben.

Wahrscheinlich tut es das sogar.

Dabei keucht und schnaubt er laut vor Anstrengung. Seine schwitzigen Hände können den Spaten kaum festhalten.

Er muss schneller arbeiten! Der feinkörnige Sand

rutscht sonst immer wieder in das metertiefe Loch zurück.

Hoffentlich ist es bald vorbei.

In diesem Moment hasst Joachim seinen geliebten Ostseestrand. Das Meer tost böse. Die schäumende Gischt platscht im Rhythmus des aufkommenden Windes an die Buhnen und verschlingt gierig den am Ufer gestrandeten Seetang.

Als wäre es eine Henkersmahlzeit.

Ich will hier weg!

Joachim kullern dicke Tränen über das Gesicht.

Wann hat er denn das letzte Mal geweint?

Das muss ewig her sein. Er kann sich gar nicht mehr daran erinnern. Aber gerade muss er an seine Frau Eva denken und der Schmerz darüber überwältigt ihn. Sie wird tausend Ängste um ihn ausstehen und wer weiß, ob er sie überhaupt wiedersieht. Genauso wie seine Töchter.

Ob ich mein Enkelkind jemals in den Armen halten werde?

Hastig gräbt Joachim weiter.

Am Anfang hatte sich noch alles in ihm gesträubt. Aber ihm blieb ja keine andere Wahl. Er musste es tun. Vor Verzweiflung schluchzt er laut auf.

Eva darf es nie erfahren.

Donnerstag

10. Kapitel

Ein kalter Luftzug durchströmt das kleine Zelt.

»Schläfst du, Suse?«

»Nein, ich kann nicht«, antwortet sie leise. »Mir geht zu viel durch den Kopf. Ich weiß nicht, ob dein Plan funktioniert«, sagt sie und steckt ihren zerzausten blonden Haarschopf aus dem Schlafsack.

Draußen bläst der Wind gegen die dünnen Zeltwände. »Mach schnell den Eingang zu!«, bittet sie, als ein roter Plastikeimer hinter ihr umherkullert.

Ihr Zelt ist schon älter und nicht mehr regenfest. Sicherheitshalber hatte Suse einen kleinen Eimer unter das Stangenkreuz gestellt. Wahrscheinlich hat sie den Eimer im Schlaf berührt und er ist verrutscht. Sie beugt sich vor und schiebt ihn wieder an seinen Platz zurück.

Suse zittert. »Ich habe schreckliche Ang…«, flüstert sie und verstummt sogleich, als ein inniger Kuss ihren Mund verschließt.

»Du musst keine Angst haben«, beruhigt sie eine vertraute Stimme. »Es wird alles gut. Ich hab doch versprochen, dass ich mich kümmern werde.«

Suse schnieft laut. Ein paar Tränen rollen über ihre falschen Wimpern.

»Der Abend mit Piet war schrecklich. Ich habe ihn auf die Fotos angesprochen. Dass er sie endlich löschen soll, aber er hat mich ausgelacht.«

»Hab ich es dir nicht vorausgesagt? Es war vertane

Zeit, diesen Lumpen zu treffen!«

»Am Ende hat er mir Geld angeboten. Angeblich würde er bald eine Goldader anzapfen.«

»So ein Spinner. Der ist echt dämlich.«

»Als ob es mir ums Geld geht. Ich bin doch keine Nutte, nur weil ich vergrößerte Brüste habe.«

»Natürlich nicht. Ich liebe deinen Busen und kann es kaum abwarten …«

»Ich auch, Steven.« Suse kichert leise, als seine warme Zunge über ihren Hals hinunter bis zum Dekolleté gleitet. Sie fühlt sich wieder sicher. »Wie spät ist es denn jetzt?«, murmelt sie erregt.

»Gleich fünf Uhr morgens.«

»Dann bist du aber noch nicht lange hier. Ich habe erst vor einer halben Stunde auf die Uhr gesehen.«

»Eher hab ich es nicht geschafft. Als ich in dein Zelt kam, hast du fest geschlafen, mein Engel«, haucht Steven ihr ins Ohr. Seine Zunge spielt jetzt mit ihrem Ohrläppchen.

»Geschlafen ja, aber nicht fest«, flüstert Suse, während sie in die stechend blauen Augen über sich schaut. Sie öffnet ihre vollen Lippen und sucht gierig seinen Mund.

»Warte kurz«, keucht er. Dann streift er sich in Sekunden die Kleidung vom Leib und legt sich dicht neben sie. Der Reißverschluss an ihrem Schlafsack quietscht beim Öffnen.

Stevens Hand schiebt sich sofort zwischen ihre nackten Beine. Suse presst sich an ihn.

»Ja«, stöhnt sie, während er sie sanft massiert, »bring mich auf andere Gedanken!«

11. Kapitel

Eva Steinert lag fast die ganze Nacht über wach. Als es schon langsam hell wurde, hat sie eine von den Beruhigungspillen, die sie sich gestern in der Hafenapotheke gekauft hat, eingenommen. Danach war sie wenigstens für zwei Stunden eingeschlafen.

Sie reibt sich ihre müden Augen und schaut zu dem Radiowecker auf dem Nachtschrank.

Es ist sieben Uhr morgens.

Wenn Joachim heute nicht zurückkehrt, wird sie ihre Töchter anrufen müssen.

Was soll ich denen nur sagen?

Bisher hat Eva ihren Kummer über Joachims Verschwinden mit sich allein ausgemacht.

Sie hat abends heulend auf der Terrasse gesessen, in den Abendhimmel geschaut und gebetet.

Wann habe ich mich das letzte Mal so einsam gefühlt?

Niemand hat sie weinen gehört.

Rechts von ihrer Unterkunft enden die versetzt nebeneinander angeordneten Ferienwohnungen. Die Bungalowreihe wird dort von einer zwei Meter hohen Lebensbaumhecke begrenzt.

Evas Nachbarn linker Hand sind gestern Vormittag abgereist. Vielleicht kommen heute neue Gäste, hofft sie.

Diese Grabesstille ist ja kaum zu ertragen.

Sie fasst sich an den Hals. Die Sorgen um ihren Mann schnüren ihr die Kehle zu. Ihr ist übel.

Ich benötige dringend frische Luft.

Sie steht aus ihrem Bett auf, zieht sich ihren geblümten Morgenmantel über und öffnet das Terrassenfenster.

Ostseewellen rauschen milde vor sich hin. Ein leichter Wind umspielt ihre Haare.

Eva schlüpft schnell in ihre Pumps und geht hinaus auf die Terrasse. Traurig sieht sie auf den leeren Gartentisch und die zwei Stühle.

Hier hat sie jeden Morgen mit Joachim gefrühstückt. Es hätte der perfekte Urlaub werden können.

Die herrliche See, weißer Strand und eine 1-a-Lage ihrer Unterkunft. Eva ist sofort ins Schwärmen geraten, als sie und ihr Mann am letzten Sonnabend hier eingezogen sind.

Da sich ihre Wohnung auf einem Eckgrundstück befindet, verfügen die Steinerts zusätzlich über einen kleinen Schuppen und die Rasenfläche ist im Vergleich zu den Nachbarwohnungen ein paar Quadratmeter größer.

Sogar eine Hollywoodschaukel hat der Vermieter zu Joachims großer Freude vor der Hecke aufgestellt. Ihr Mann konnte stundenlang darin liegen und ein Buch lesen. Am liebsten historische Romane.

Eva schießen die Tränen in die Augen, als sie daran denkt.

Was ist nur mit ihm passiert?

An das Schlimmste will sie nicht glauben.

Sie ist hin- und hergerissen mit ihren Gefühlen.

Und wenn er doch einfach durchgebrannt ist?

So wie der Ehemann ihrer besten Freundin. Nach fünfunddreißig, wie es schien, glücklichen gemeinsamen Jahren wollte der sich plötzlich selbst verwirklichen.

Eva geht ein paar Schritte weiter nach draußen und atmet die kühle Morgenluft ein.

Auf einmal vernimmt sie ein lautes Schnarchen.

Das ist doch …! Das kann doch …

Sie rennt über den vom Morgentau glitschigen Rasen.

… nicht sein!

Aber er ist es. Ihr Mann liegt in der Hollywoodschaukel und schläft.

»Joachim!«, kreischt Eva.

Unbändige Glücksgefühle durchströmen sie, als sie ihn umarmt.

Sein Körper ist eiskalt.

Er zittert und er riecht nach Alkohol.

Puh! Eva fächert sich mit der Hand Luft zu.

»Wach auf, Joachim!«, ruft sie und schüttelt ihn.

Er trägt dieselbe Shorts und dasselbe T-Shirt wie gestern am Strand, kurz vor seinem Verschwinden.

Sie versucht, ihn unter die Arme zu fassen und hochzuheben. Doch der zierlichen Eva gelingt es nicht, ihren großgewachsenen Mann, der auch schon ein kleines Wohlstandsbäuchlein vor sich herschiebt, von der Schaukel zu heben.

Eilig kehrt sie in die Ferienwohnung zurück, um Decken zu holen.

Wenn er jetzt nicht gleich wach wird, rufe ich einen Notarzt, überlegt Eva und greift nach ihrem Handy auf dem Nachtschrank.

Als sie wieder aus der Wohnung läuft, hört sie Joachim draußen lallen.

»Evchen!«, krächzt er. »Wo bist du?«

12. Kapitel

»Mensch, du Blödmann!«, schimpft Sven, als er seinen Hubschrauber gut fünfzig Meter entfernt in die Dünen stürzen sieht. Wütend reißt er seinem Klassenkameraden Mirko die Fernbedienung aus der Hand.

»Wenn wir den nicht wiederfinden!«, droht er.

»Es tut mir leid. Ich dachte …«

»Du hast behauptet, dass du schon geflogen bist.«

Sven ist den Tränen nah. Der Zwölfjährige hat den Modellhubschrauber erst vor zwei Wochen zum Geburtstag geschenkt bekommen. Seine Mutter hatte ihn gewarnt, das teure Spielzeug mit auf die Klassenreise zu nehmen. Sie hatte gehofft, dass es nicht erlaubt sei, und extra bei Svens neuem Klassenlehrer nachgefragt.

Aber Herr Roloff ist nicht so streng.

Er hat Sven sogar angeboten, ihm in seiner Gartenlaube Nachhilfe in Mathe zu geben. Der ist echt cool, wie ein Freund und nicht so ernst wie die meisten Lehrer. Die Meise zum Beispiel, die ist noch schlimmer als seine Mutter. Wie eine Glucke hat sie die Mädchen nachts bewacht. Jetzt sammelt sie mit ihnen Muscheln. Am Abend wollen sie daraus etwas basteln.

So ein Kinderkram.

»Was ist denn nun?« Mirko stößt Sven an. »Wollen wir nicht hinterhergehen und deinen Hubschrauber holen?«

»Wir müssten Herrn Roloff Bescheid sagen, wenn wir den Strandspielplatz verlassen«, überlegt Sven.

Mirko schaut zu seinem Lehrer herüber. Der spielt mit einigen Kindern weiter vorn am Ufer Volleyball.

Ob die den Ball heute mal übers Netz bekommen?

»Ach, wir sind doch gleich zurück«, beruhigt er Sven. »Wir dürfen uns ja frei bewegen. Hauptsache, wir gehen nicht allein ins Wasser, hat er gesagt.«

»Okay, dann lass uns loslaufen! Bis zum Mittag haben wir noch genug Zeit.«

»Ich finde es schade, dass wir erst morgen das U-Boot in Laboe besichtigen«, beschwert sich Mirko unterwegs bei seinem Freund. »Warum hast du denn auch dafür gestimmt, Sven? Wolltest du etwa bei Greta Eindruck schinden?«, fragt er.

Sven wird rot. Er schweigt.

»Mensch, es wissen sowieso alle, dass du in die verknallt bist!«, lästert Mirko.

Die Jungen sind inzwischen an den hügeligen Dünen vor dem Campingplatz angekommen. Sie klettern über einen Drahtzaun und stapfen dann weiter durch den hohen Sand.

»Bist du sicher, dass die Absturzstelle hier war?«, fragt Mirko.

Sven hält sich die Hand an die Stirn und schaut zurück zum Strand.

»So ungefähr, glaube ich, müsste es stimmen.«

Leider hat der Hubschrauber kein GPS, dann wäre er noch viel teurer gewesen, und seine Eltern meinten, für den Anfang würde das Einstiegsmodell ausreichen.

»Schau mal, was ich gefunden habe!«, ruft Mirko plötzlich. Stolz hält er eine goldene Herrenarmbanduhr in die Höhe.

»Zeig mal her!« Sven greift nach der Uhr. »Die ist aber schwer, vielleicht ist die aus echtem Gold.«

»Kannst sie ja einschmelzen und Ringe für dich und Greta anfertigen lassen.« Mirko bricht in schallendes Gelächter aus.

Wütend schubst Sven ihn in den Sand.

Erst meinen Hubschrauber zum Absturz bringen und sich dann lustig machen … Das ist zu viel.

Er stürzt sich auf ihn. »Lass mich damit in Ruhe!«, schreit er Mirko am Boden an. Die beiden Kampfhähne kullern durch die Dünen. Mirko japst nach Luft. Dem sportlichen Sven ist er eindeutig unterlegen. »Ist schon gut«, keucht er. »Ich entschuldige mich.«

Als sich die beiden aufrappeln und den Sand von der Kleidung klopfen, bemerkt Sven einen frisch aufgeworfenen Hügel.

»Sieht aus, als hätte hier jemand erst vor Kurzem gegraben«, sagt er zu Mirko.

Der nickt begeistert. Mit dem Zwölfjährigen geht sofort die Fantasie durch. »Vielleicht liegt dort ein Schatz verbuddelt?«, überlegt er, »und die goldene Uhr ist ein Teil davon. Die ist ja wirklich schon alt.«

Wie wild stürzen sich die beiden auf den Haufen Sand und graben mit bloßen Händen darin herum.

»Ich fühle etwas!«, sagt Sven.

»Eine Schatzkiste? Oder ein Schloss davon?«, will Mirko wissen.

Sven wird blass.

»Nein, ich glaube, es sind Haare. An einem Kopf …«

Mirko hilft ihm, den Sand beiseitezuschieben. Dann

schreit er los.

Sven schüttelt ihn. »Hör auf!«, bittet er. »Wir müssen sofort zurück und Herrn Roloff holen.«

13. Kapitel

»Moin zusammen! Ich sehe, ihr habt schon alles vorbereitet!« Hauptkommissarin Bähr begrüßt Polizeimeister Iversen und zwei weitere Schutzpolizisten mit einem Handschlag.

»Moin, Kollegen, und danke«, brummt Kriminalmeister Voß, der seine Chefin heute anstelle von Niklas Lux begleitet. Er hat das Schnick-Schnack-Schnuck-Spiel mit Lisa zweimal hintereinander gewonnen, sodass es Lisa getroffen hat, gemeinsam mit dem Polizeischüler Lasse in Laboe den Innendienst zu verrichten.

»Mensch, ihr seid aber wirklich fix!«, stellt er anerkennend fest.

»Du hättest ruhig mit uns graben können, Stefan«, flüstert Iversen ihm ins Ohr.

»Ich habe genug mit der Vertretung von Oberkommissar Lux zu tun«, wehrt er sich.

Kaum hat der Lux Urlaub, haben wir eine Leiche.

Armer Kerl, denkt Stefan beim Anblick des Toten auf der ausgebreiteten Plane. Wer hat dir hier ein sandiges Grab geschaufelt?

»Weiß man schon, wer der Tote ist?«, fragt er die Kollegen.

»Ja, weiß man.« Iversen klopft sich auf die Brust. »Ich jedenfalls. Der Mann heißt Piet Schöller. Er ist

Fotograf und kommt aus Berlin. Erst gestern Morgen hat er in der Tourismusinformation in Kalifornien die Mädchen für den Meerjungfrauen-Kostümwettbewerb begutachtet.«

»Ach? Das ist ja interessant. Was weißt du denn darüber, Iversen?«, mischt sich Gesa sofort ein.

»Also, persönlich habe ich den Kerl gestern nur kurz gesehen. Meine Informationen habe ich von meiner Nichte Wenke. Die gestrige Veranstaltung soll eine regelrechte Fleischbeschau gewesen sein …« Iversen holt tief Luft. »Dabei geht es bei dem Wettbewerb angeblich nur um die Kostüme. Dass ich nicht lache!«

Gesa sieht ihn erstaunt an. »Dass Jutta so etwas gestattet, kann ich mir nicht vorstellen«, widerspricht sie dem Polizeimeister.

»Die Petersen war ja auch nicht dabei, Gesa. Die hat die Mädchen nur ins Haus gelassen und ist dann zu einer Sitzung abgedüst.«

»Ach so.«

»Als ich meiner Nichte gestern Abend ihr Kostüm gebracht habe, das Lisa zum Glück reparieren konnte, habe ich noch kurz mit meinem Bruder gesprochen. Wenn Wenke meine Tochter wäre, hab ich ihm gesagt, würde ich sie da nicht mitmachen lassen. Aber der meinte nur, dass Wenke volljährig ist und weiß, was sie tut.«

»Gut. Oder auch nicht.« Gesa wendet sich wieder dem Leichnam zu. »Papiere hatte er demnach nicht dabei?«, fragt sie.

»Nein«, bestätigt Iversen. »Aber die Jungen haben nur zwei Meter vom Leichenfundort entfernt eine goldene Armbanduhr gefunden. Vielleicht ist es seine. Ich habe die Uhr schon für die Kriminaltechnik eingetütet.«

»Wo sind die Kinder jetzt?«, will Gesa wissen.

»Zurück in ihrer Herberge, im Naturfreundehaus. Das befindet sich ganz in der Nähe.«

»Das Haus in der Deichstraße, ja, kenne ich«, sagt Gesa sofort. »Benötigen wir den psychologischen Dienst?«

Iversen schüttelt mit dem Kopf. »Der Lehrer meint, dass er selbst mit den Schülern spricht, und seine Kollegin wäre auch eine sehr erfahrene Pädagogin.«

Gesa verzieht zweifelnd ihren Mund. »Ob das die richtige Entscheidung ist?«

»Ich glaube«, erwidert Stefan, »der Lehrer will die Klassenreise nicht vollends platzen lassen. Die Kinder fahren morgen Nachmittag wieder mit dem Bus nach Hause, hat er mir am Telefon gesagt. Er hat darum gebeten, dass wir unsere Befragung gleich nach dem Mittagessen durchführen, damit der geplante Ausflug in die meeresbiologische Station heute noch stattfinden kann.«

Gesa schaut auf ihre Uhr.

»Na, wir werden sehen, ob uns das gelingt. Dr. von Isenberg wird hoffentlich jeden Moment eintrudeln.«

14. Kapitel

Dr. Niels von Isenberg untersucht den mit Sand verschmutzten Leichnam von Piet Schöller bereits seit zehn Minuten, ohne ein Wort zu sagen.

Kriminalmeister Voß beobachtet den Vorgang mit einem gewissen Abstand. Er hatte keine Lust, sich den Schutzanzug überzuziehen.

In den weißen Einweganzügen sehen der Doktor und die Chefin wie Mumien aus.

»Kannst du uns schon etwas über die Todesursache mitteilen?«, fragt Gesa den Pathologen, während sie ihm über die Schulter schaut.

»Ich kombiniere noch«, nuschelt er hinter seinem Mundschutz.

Gesa zieht die Brauen hoch.

Das ist doch eigentlich mein Job.

Niels, ich benötige endlich Fakten.

Die Hauptkommissarin wird langsam ungeduldig, denn sie möchte die Schüler rechtzeitig befragen, bevor diese zu ihrem Ausflug aufbrechen.

»Was ist mit der Kopfplatzwunde auf seinem Scheitel?«, bohrt sie nach und zeigt auf die blutverkrusteten Haare des Toten. »Sieht aus, als hätte ihm jemand eins über den Schädel gezogen. Vielleicht mit einem Spaten?«

»Ja, das wäre möglich.«

Na, endlich lässt sich Niels zu einer Antwort herab.

»Aber wie immer bei deinen Fällen, Gesa, ist nichts, wie es offensichtlich scheint«, führt der Rechtsmediziner fort.

Danke für die Belehrung.

Von Isenberg zwinkert Gesa jetzt mit seinen hellbraunen Augen zu.

Versuchs nur nicht auf diese Tour, Niels!

Sofort wendet sich der Pathologe wieder dem Toten zu.

Er weiß, dass Gesa sauer auf ihn ist.

Zu Unrecht, aber es wird schwer, ihr das zu beweisen. Fast noch schwerer, als die Todesursache von diesem armen Kerl herauszufinden.

Gesa schaut hinunter auf den mit Sonne gefluteten Strand. Dabei sieht sie durch Niels hindurch, als wäre er Luft.

Ich darf mich von ihm nicht einwickeln lassen.

Sie blinzelt in die Sonne und atmet die frische Meeresluft ein.

Das Ufer scheint wie leergefegt.

Die meisten der verbliebenen Strandbesucher sind zu den Dünen hochgelaufen und drängeln sich neugierig an der Absperrung.

Polizeimeister Iversen hat zu tun, die Leute in Schach zu halten.

Verdammte Gaffer.

»Zum Glück spielt das Wetter heute mit, Stefan«, meint sie zu Kriminalmeister Voß. »Obwohl, wenn es ein wenig regnen würde, wäre der Herr Doktor vielleicht etwas schneller mit seinen Erkenntnissen«, lästert sie.

Stefan wundert sich.

Was ist denn mit der Chefin los?

Warum ist sie so bissig zu unserem Doc?

Ich dachte, die beiden sind ein Paar.

Angetrieben von Gesas Äußerung beeilt sich Niels von Isenberg jetzt sichtbar bei der Untersuchung des Leichnams. Er springt um die Extremitäten des Toten herum, als wären diese Hindernisse eines Parcours.

Gesa schüttelt nur den Kopf.

Nun übertreibt er aber.

Insgeheim amüsiert sie sich. Obwohl ihr eigentlich nicht zum Lachen zumute ist, denn sie hat Grund zu der Annahme, dass Niels sie mit seiner Lübecker Assistentin Lorena betrogen hat.

Ich habe die beiden doch in flagranti erwischt.

Mensch, Gesa, denkt Niels und wagt einen erneuten Blickkontakt mit ihr.

Das ist einfach dumm gelaufen.

Dr. von Isenberg arbeitet immer noch als Vertretung der Rechtsmedizinerin Dr. Karin Rose in Kiel. Als ihr Assistent Friedhelm letzte Woche im Urlaub war, hat Niels vorübergehend seine ehemalige Assistentin Lorena aus Lübeck zu sich geholt.

Gesa hat er lieber nichts davon erzählt. Er weiß, dass sie eifersüchtig auf die feurige Lorena ist. Dabei hat Niels, seit er mit Gesa in einer zwar unregelmäßigen, aber festen Beziehung ist, nichts mehr mit Lorena gehabt.

Aber Gesa glaubt es ihm inzwischen nicht mehr.

Letzten Freitag wollte sie ihn überraschen und von der Arbeit abholen. Genau in dem Moment, als Lorena ihren Kittel hochgestreift und die Strumpfhose halb heruntergezogen hatte, war Gesa in sein Büro geplatzt.

Lorena hatte ihm gerade einen entarteten Leberfleck an der Innenseite ihres Oberschenkels gezeigt. Niels hat sich nichts dabei gedacht.

Schließlich bin ich Arzt.

Doch Gesa als ihn in der zweideutigen Position vor Lorena hocken sah, ist sie wortlos wieder verschwunden. Die Lupe in seiner Hand, mit der er den Leberfleck untersucht hat, hat sie leider nicht erkennen können.

Seit dem Vorfall ignoriert Gesa ihn, geht nicht an ihr Handy und beantwortet keine Nachrichten.

Lorena wollte doch nur wissen, ob sie zum Hautarzt gehen soll.

Niels von Isenberg hat es ihr dringend angeraten. Der Leberfleck sah seiner Meinung nach verdächtig aus.

»Niels!«, ruft Gesa ihm zu. »Träumst du?«

Schön wär's.

»Nein, ich denke nach«, antwortet er. »In zwei Minuten teile ich dir meine ersten Ergebnisse mit.«

Gesa schaut demonstrativ auf ihre Uhr.

Kriminalmeister Voß mischt sich in das Geplänkel der beiden ein: »Apropos Uhr, Herr Doktor«, sagt er. »Hat der Tote eine Armbanduhr getragen? Ganz in der Nähe haben die Schüler eine goldene Herrenuhr gefunden.«

»Eher nicht«, vermutet Niels von Isenberg. »Ich habe seine Handgelenke genau untersucht. Es gibt keinerlei Abdrücke oder Spuren, die darauf hinweisen, dass er zu Lebzeiten eine Armbanduhr getragen hat. Die Hautpigmentierung ist gleichmäßig.«

Der Pathologe fegt mit dem Pinsel ein paar Sandkörner vom Gesicht des Toten. »Das Opfer war ja erst Ende dreißig, Anfang vierzig«, erklärt er, »die meisten Menschen in diesem Alter tragen keine Armbanduhr, sondern schauen auf ihr Handy, um die Uhrzeit zu erfahren.«

Gesa kneift wütend die Augen zusammen.

War das jetzt eine Spitze gegen sie?

Weil sie schon fünfzig ist und die Armbanduhr ihrer Mutter trägt?

»Also ich kenne genügend Männer, auch jüngere, die ihre Uhr zum Beispiel in der Hosentasche tragen«, kontert sie und lächelt Niels süßsauer an.

Er versteht nicht.

Was habe ich denn nun wieder falsch gemacht?

»Stimmt, Chefin«, meint Stefan und nickt anerkennend. »Das wäre auch möglich. Aber am wahrscheinlichsten ist, dass dem Schöller die Uhr gar nicht gehört.«

»Vielleicht aber dem Täter oder seinem Komplizen«, erwidert Gesa. »Du glaubst doch auch, dass ein Mann das Opfer in den Dünen vergraben hat, oder, Niels?«

»Ja«, bestätigt er. »Eine andere Möglichkeit ist, dass mehrere Personen beteiligt waren.«

Der Pathologe steigt jetzt von der Plane herunter und stellt sich zu Gesa.

»Kommen Sie ruhig ein Stück näher heran, Kriminalmeister Voß!«, ruft er Stefan zu. Dann beginnt er mit seinen Ausführungen: »Bevor ich den Leichnam in Kiel genauer untersuchen werde, kann ich bereits vor Ort feststellen, dass er entweder bewusstlos oder schon tot war, als er hier vergraben wurde.«

»Durch den Schlag auf den Kopf?«

»Nein, der war nicht ursächlich. Es handelt sich nur um eine oberflächliche Platzwunde. Vielleicht ist ihm diese beim Zuschaufeln des Lochs zugefügt worden. Es wäre möglich, dass ihn der Spaten dabei touchiert hat.«

»Dann wurde er bei lebendigem Leib vergraben?« Stefan schüttelt sich vor Entsetzen.

»Ich glaube«, beschwichtigt von Isenberg, »er war zu dem Zeitpunkt bereits tot. Wahrscheinlich ist er, kurz bevor ihm die Kopfwunde zugeführt wurde, verstorben. Die Livor mortis, also die Totenflecken, treten nach spätestens dreißig Minuten auf. Für die Größe der Verletzung hat die Kopfwunde nur wenig geblutet. Tote bluten eben nicht lange, da sich ihr Blut sofort an der tiefsten Stelle ihres Körpers sammelt.«

Gesa hat aufmerksam zugehört. »Dann kannst du uns sicher auch schon den Todeszeitpunkt sagen«, hofft sie.

Dr. von Isenberg knetet unschlüssig seine schlanken Finger.

»Jein«, sagt er. »Aber die Totenflecken sind noch gut wegdrückbar, also ist es keine zehn Stunden her, würde ich vermuten. Frühestens letzte Nacht, spätestens heute früh am Morgen hat dieser Mann seinen letzten Atemzug getan. Alles andere …«

»… später im Obduktionsbericht«, vollendet Stefan den Satz des Rechtsmediziners.

15. Kapitel

»Huch, das ist viel zu kalt! Lass mich sofort raus, Niklas!«, juchzt Swantje. Doch der denkt gar nicht daran. »Wechselduschen sind gesund«, behauptet er und lacht, während er ihr von hinten über die Schulter greift und den Kaltwasserhahn weiter aufdreht. Dann umarmt er Swantje und presst sie an sich. Seine Hände umfassen ihren festen Busen. »Wenn du so dicht bei mir stehen bleibst, spürst du die Kälte nicht«, flüstert er ihr ins Ohr.

»Die Kabine ist nur für eine Person ausgelegt«, sagt sie schnell, »und ich muss mir noch die Haare waschen. Dafür ist es definitiv zu kalt.«

»Na gut.« Niklas stellt das Wasser jetzt ganz ab und greift nach einem der Badehandtücher auf dem Hocker neben der Dusche.

Zärtlich legt er es Swantje über die Schulter und küsst sie. »Dann komm zurück ins Bett«, bittet er, »ich wärme dich wieder auf.«

Swantje weicht seinen Blicken aus.

Sie weiß, dass sie sonst nachgibt.

Ihr Körper kribbelt, ist wie elektrisiert.

Was hat dieser Mann nur mit mir gemacht?

In den letzten Wochen ist sie ein anderer Mensch geworden.

Niklas wartet ihre Antwort gar nicht erst ab. Er hebt sie einfach hoch und trägt sie zurück ins Schlafzimmer.

»Wir können nicht über Mittag im Bett bleiben«, protestiert Swantje.

»Doch. Wir haben Urlaub und wir bewegen uns doch trotzdem gleich genügend.« Niklas legt Swantje auf sein Bett und beugt sich über sie.

»Ja, das tun wir«, antwortet sie heiser. Ihre Augen glänzen sehnsüchtig.

Warum soll ich mich immer beherrschen?

16. Kapitel

»Frühstück ist fertig!« Punkt dreizehn Uhr spaziert Niklas mit einem voll beladenen Tablett ins Wohnzimmer. Auf einer kleinen Etagere hat er Käse und Früchte platziert. Aus den Bechern dampft heißer Kaffee.

»Ich habe Rührei gebraten«, verkündet er stolz und stellt die Schüssel und einen Korb mit frischen Brötchen auf den Esstisch.

Swantje bekommt von alldem nicht wirklich etwas mit.

Sie sitzt in der frei im Raum stehenden Couchecke und starrt wie hypnotisiert auf ihr Handy.

Das darf doch nicht wahr sein.

Woher hat der ihre Nummer?

»Swantje?« Niklas hält ihr von hinten die Augen zu. »Ich seh, ich seh, was du nicht siehst! Der Frühstückstisch ist fertig gedeckt.«

Swantje springt auf.

Sie ist ganz blass geworden.

»Was hast du denn?«, fragt Niklas besorgt. »Entschuldige, ich wollte dir keinen Schrecken einjagen.«

»Ach, ist schon gut. Ich war in Gedanken«, wiegelt sie ab und geht zum Tisch.

»Oh, das sieht ja fürstlich aus!«, ruft sie erfreut und setzt sich. »Wie hast du das denn so schnell gezaubert?«

Niklas schneidet ihr ein Brötchen auf. »Die sind noch warm«, sagt er, »da muss man das scharfe Messer nehmen.«

»Natürlich, Herr Kommissar«, lästert Swantje, »den Gebrauch scharfer Waffen überlasse ich lieber Ihnen.« Sie pikt mit der Gabel in das Rührei auf ihrem Teller. »Köstlich!«, lobt sie.

»Mein Geheimnis ist, eine Prise Zucker mit an das Ei zu geben. Den Hinweis habe ich von Trude Hansen.«

»Der alten Dame aus Laboe?«

»Ja, genau, von der. Sie hat uns zum Essen in ihr Kapitänshäuschen eingeladen. Wann immer es uns passt. Du musst sie unbedingt kennenlernen.«

Swantje verzieht ein wenig den Mund.

Niklas greift nach ihrer Hand und streichelt sie. »Bitte, meine ehemalige Wirtin Trude ist hier an der Küste so etwas wie Familie für mich. Meine Eltern und meine Schwester leben weit weg, in Süddeutschland.«

»Aber nur, wenn du dann endlich meine Familie besuchst! Auge um Auge …«

»Zahn um Zahn. Das ist unfair!«, Niklas protestiert: »Drei Brüder gegen eine harmlose Rentnerin.«

»Du sollst doch nicht gegen die Jungs kämpfen, sondern mit ihnen und meinen Eltern Kaffee trinken.«

»Na, Jungen ist wohl reichlich untertrieben. Ich denke, deine Brüder sind alle älter als du.«

»Nicht ganz. Sören ist zwei Jahre jünger als ich, sechsunddreißig. Jörn ist dreiundvierzig und Torben fünfundvierzig Jahre alt. Genauso alt wie du.«

Niklas stöhnt auf. »Darf ich mir das nachher notieren? So schnell kann sich das kein Mensch merken.«

»Da habe ich dich aber aus Kiel ganz anders in Erinnerung«, meint Swantje, während sie sich Butter auf ihr Brötchen schmiert.

»Das war im Job, während einer Vernehmung«, erklärt Niklas. »Ich war der Kommissar und du die Anwältin. In solchen Situationen bin ich natürlich hellwach. Privat schalte ich mein Gehirn aber meistens auf Sparflamme. Meine Zwillingsschwester Frieda hat früher immer gesagt, dass sie an meiner Intelligenz zweifelt, weil ich mir nicht einmal drei Sachen, die ich einkaufen sollte, gemerkt habe. Frieda und ich haben in Wiesbaden während unserer Ausbildung ein paar Jahre zusammengewohnt.«

»Deine Schwester möchte ich unbedingt kennenlernen, Niklas. Kriminalhauptkommissarin beim Bundeskriminalamt, Respekt!«

»Ja, sie ist sehr tüchtig. Aber ich warne dich, von allen meinen Frauen hat sie nur eine wirklich akzeptiert.«

Niklas beißt sich insgeheim auf die Zunge.

Was quatsche ich denn da?

Von allen meinen Frauen, das hört sich ja an, als wäre ich Casanova persönlich.

Swantje springt sofort auf den Zug auf: »Das klingt dramatisch. Wie viele waren es denn?«

Niklas wird rot.

»Ach, das ist doch Vergangenheit.«

Mit der er noch immer nicht abgeschlossen hat.

Die er nur auf Abstand hält.

Aber seit er an der Küste lebt, kommt er klar.

Swantje lässt nicht locker. »Ein- oder zweistellig?«, will sie wissen.

»Weiß ich nicht mehr genau. Wie man es nimmt«, beantwortet Niklas diese spezielle Frage zu seiner eigenen Verwunderung zum ersten Mal ehrlich.

»Okay«, sagt Swantje, »tut mir leid. Es ist mir auch wirklich egal.«

Was stell ich ihm für blöde Fragen?

Platz eins auf der Liste der Beziehungskiller, würde ihre Freundin Vera dazu sagen.

Swantje steht auf und setzt sich auf Niklas' Schoß. Sie schmiegt ihr Gesicht an seines. Niklas füttert sie mit den Erdbeeren von der Etagere auf dem Tisch. Auf einmal schlingt sie ihre Arme um seinen Hals und flüstert: »Meinst du nicht, es wird Zeit für einen Mittagsschlaf?«

Niklas küsst sie. »Ich bin aber gar nicht müde«, sagt er und steht mit Swantje im Arm von seinem Stuhl auf. Dann trägt er sie mühelos durch das Wohnzimmer.

Diese Frau überrascht mich jeden Tag aufs Neue.

Plötzlich sieht er einen Schatten hinter dem halb zugezogenen Vorhang.

Wer treibt sich da auf meiner Terrasse herum?

»Warte kurz!«, sagt er zu Swantje und setzt sie schnell auf der Couch ab.

Er reißt das Terrassenfenster auf und rennt hinaus.

»Wer ist da?«, ruft Swantje ihm hinterher.

Vor der Tür ist niemand.

»Hallo?«, fragt Niklas laut.

Der Spanner muss hier irgendwo sein!

Da raschelt es hinter dem neuen Strandkorb, den Gesas Schwager Gerd erst letzte Woche aufgestellt hat.

Ein Mann, so um die dreißig Jahre alt, schätzt Niklas, kommt schweißgebadet hervorgekrochen.

»Entschuldigung, der Lenkdrachen meines Sohnes ist hinter den Dünen verschwunden. Ich dachte, er liegt auf Ihrer Terrasse.«

»Hier ist kein Drachen«, meint Niklas versöhnlich. »Das nächste Mal klingeln Sie bitte an der Tür.«

Da steht Swantje auf einmal neben ihm.

Als sie den Mann sieht, wird sie kreidebleich.

»Auf Wiedersehen«, sagt der schnell, »und nochmals Verzeihung, Herr …«

Niklas antwortet ihm nicht. Er sorgt sich um Swantje, deren Gesicht weißer ist als der Dünensand.

»Vielleicht sieht man sich ja mal wieder«, sagt der Mann und schaut Swantje dabei eindringlich an.

Niklas ist empört.

Frechheit.

Erst stören und dann meine Freundin anbaggern.

Ehe er den Fremden zur Rede stellen kann, ist der hinter dem Haus verschwunden.

Wegen dieses Blödmanns lasse ich mir nicht den Urlaub verderben.

Tröstend legt Niklas den Arm um die zitternde Swantje. »Wir haben ja noch genügend Zeit für Zweisamkeit. Lass uns mal zu Ende frühstücken und dann an den Strand. Ein wenig Abkühlung im Meer und schon lacht der Tag wieder«, sagt er und stupst mit dem Finger auf ihre Nasenspitze. »Na, da kehrt doch wieder Farbe in dein hübsches Gesicht zurück.«

Als sie beide am Esstisch sitzen, meint Niklas nachdenklich: »Der unsympathische Typ hat dich angesehen, als ob er dich kennt.«

Swantje schüttelt energisch den Kopf.

»Ich habe ihn heute zum ersten Mal gesehen«, versichert sie Niklas.

17. Kapitel

Puh, ist das warm hier!

Lisa öffnet beide Fensterflügel und hält ihr Gesicht in den Wind.

Zum Glück weht vom nahen Hafen eine frische Brise zu ihrer Dienststelle herüber. Das Großraumbüro im Obergeschoss hat sich in der prallen Mittagssonne ordentlich aufgeheizt. Seit Tagen ist es heiß wie im Hochsommer. Die Urlauber freut's, wir müssen schwitzen, denkt Lisa.

Sie hört den Dienstopel der Chefin heranknattern. Das stotternde Motorengeräusch erkennt sie unter hunderten.

Mal sehen, was Stefan und die Hauptkommissarin berichten werden.

Als gleich am ersten Urlaubstag von Niklas Lux ein Toter in den Dünen gefunden wurde, hatte Lisa das zuerst nicht glauben wollen.

So ein Zufall aber auch.

Das bedeutet in jedem Fall Dienst am Wochenende.

»Lasse!«, ruft Lisa. »Die Bähr und Stefan sind zurück! Geh mal wieder an den Empfangstresen, bevor es nachher Ärger gibt.«

»Mach ich sofort!« Lasse hatte sich an den Besuchertisch zurückgezogen, um seine Hausarbeit im Fach Polizeirecht in Ruhe zu überprüfen. Er soll diese morgen in der Schule abgeben. Die trockene Theorie liegt ihm nicht. Er ist lieber mit den Kollegen der Schutzpolizei draußen unter Menschen oder kümmert sich um die EDV der Kriminalabteilung. Da er beides hervorragend und mit viel persönlichem Einsatz erledigt, drücken Lisa und Stefan auch mal ein Auge zu, wenn er die Arbeitszeit für seine Schulaufgaben nutzt.

Aber die Chefin muss es ja nicht jedes Mal mitbekommen, denkt Lisa, denn in letzter Zeit häuft es sich, dass Lasse fehlende Hausaufgaben im Büro erledigt.

Ich werd ihn mal fragen, was mit ihm los ist.

»Da sind wir wieder!«, ruft Gesa erschöpft und wirft ihre Tasche mit Schwung auf den Tresen. »Eine Hitze ist das hier«, stöhnt sie. »Reißt bloß die Fenster alle auf!«

Stefan holt einen Thermobehälter aus dem Rucksack und hält ihn demonstrativ hoch.

»Wer möchte Eis?«

Lisa und Lasse strahlen. »Mensch, Stefan«, lobt Lisa ihn, »das ist aber lieb von dir.«

Stefan zeigt mit der Hand auf Gesa. »Hat die Chefin spendiert.«

Hauptkommissarin Bähr wehrt den Dank der Kollegen ab. »Schon gut«, sagt sie. »Während wir am Strand wenigstens frische Luft hatten, haben Sie die Zeit über im warmen Büro ausgeharrt und bestimmt viel von dem Papierkram weggeschafft.«

In diesem Moment entdeckt Gesa Lasses Hausarbeit auf dem Besuchertisch. »Nicht wahr, Lasse?«, sagt sie und grient.

Er hatte vergessen, die Unterlagen an seinen Arbeitsplatz mitzunehmen. Gesa schaut sich diese kurz an und reicht sie ihm zwischen zwei Fingern über den Empfangstresen: »Polizeirecht, wie fürchterlich, damit habe ich mich in meiner Ausbildung auch schwergetan. Schade, dass der Lux im Urlaub ist. Er ist diesbezüglich ein wandelndes Lexikon.«

Lisa nickt. »Oberkommissar Lux wird uns fehlen. Dass er ausgerechnet jetzt Urlaub hat, ist wirklich ungünstig.«

»Irgendwann muss er ja mal frei nehmen«, erwidert Stefan. Er gefällt sich in der Rolle der Vertretung.

Endlich Ermittlungsarbeit statt kleinteiliger Recherche.

Gespannt schaut er auf die Hauptkommissarin.

Sie wird den Lux doch nicht aus dem Urlaub zurückholen?

»Bis jetzt sehe ich keine Veranlassung, den Oberkommissar hinzuzuziehen«, meint Gesa. Sie liest im Gesicht des Kriminalmeisters wie in einem offenen Buch. »Sie haben Ihre Sache heute ganz prima erledigt, Stefan. Insbesondere bei der Befragung der Kinder haben Sie viel Einfühlungsvermögen bewiesen.«

Stefans braune Augen strahlen. Lisa aber versetzen Gesas Worte einen Stich ins Herz.

Sensibilität ist doch eigentlich ihr Part.

Stefan hat Lisas traurigen Blick bemerkt. »Ich hatte bei den beiden Jungen leichtes Spiel. Über den Fußball sind wir sofort ins Gespräch gekommen«, meint er bescheiden.

Lisa lächelt ihn dankbar an.

Ist auch Quatsch, meine Eifersucht.

So oft, wie ich die Chefin schon begleitet habe.

In den meisten Fällen ist Stefan bisher im Innendienst geblieben.

»Nun verteil mal endlich das Eis!«, sagt sie versöhnlich.

18. Kapitel

Zehn Minuten später sitzt Hauptkommissarin Bähr mit ihrem Team am Besuchertisch, der in ihrer kleinen Dienststelle gleichzeitig als Besprechungstisch herhalten muss.

Alle schlecken noch an den Resten ihres Eises. Lasse hat sich die Waffel etwas zu hoch befüllt und kleckert neben sich, genau auf Lisas Unterlagen.

»Oh, sorry!« Er wischt die Flecken auf der Klarsichtfolie schnell mit einem sauberen Taschentuch ab.

»Wie gut, dass ich immer alles in einer Folie aufbewahre«, meint die ordnungsliebende Lisa. »Frau Steinert würde es uns bestimmt übelnehmen, wenn ich ihr das Foto von ihrem Mann verschmutzt zurückgebe.«

»Apropos zurück. Was ist denn aus dem Vermisstenfall geworden?«, will Gesa wissen.

»Ich habe keine Nachrichten erhalten, weder positive noch negative«, antwortet Lisa.

»Ein abtrünniger Ehemann, der gerade mal vierundzwanzig Stunden verschwunden ist … wo sollen wir da anfangen?«, mault Stefan. »Noch dazu haben wir einen Mord aufzuklären. Zeig doch mal das Foto, Lisa!«, bittet er seine Kollegin.

Lisa zieht das Foto aus der Hülle und gibt es Stefan.

Verwundert dreht er das postkartengroße Bild hin und her. »Das gibt's doch nicht«, murmelt er.

Gesa ist genervt. »Kriminalmeister Voß!«, rügt sie ihn. »Wir spielen hier nicht stille Post. Was macht Sie gerade stutzig?«

»Die Uhr am Handgelenk des Herrn Steinert, Chefin. Die sieht aus wie die Uhr, welche die Jungen in der Nähe des Leichnams entdeckt haben.«

»Was!« Lisa reißt erstaunt die Augen auf. »Ist der Tote etwa unser Vermisster?«

»Nein, laut Polizeimeister Iversen handelt es sich bei dem Mordopfer um Piet Schöller, einen Fotografen aus Berlin«, klärt Gesa die Kollegin auf. »Der Getötete war auch viel jünger als der Herr auf dem Foto. Nur halb so alt in etwa.«

»Handelt es sich denn sicher um Mord?«, fragt Lisa nach.

Gesa korrigiert sich. »Na gut«, sagt sie, »wenn wir es genau nehmen, gehen wir erst einmal von einem Tötungsverbrechen aus. Es könnte auch Totschlag sein.«

»Wobei die Kopfplatzwunde ja nicht ursächlich für den Tod war«, ergänzt Stefan. »Der Mann ist im Sand erstickt oder kurz zuvor verstorben, vermutet der Doc. In jedem Fall hat Piet Schöller sich nicht selbst eingegraben. Ich tippe deshalb auf Mord.«

Gesa nickt. »Wir müssen das Ergebnis der Obduktion abwarten.«

»Was ist denn nun mit der Uhr?«, fragt sie und sieht sich das Foto genauer an. »Stimmt, Stefan. Es handelt sich womöglich um dieselbe Uhr. Die ist jetzt in der Kriminaltechnik in Kiel gelandet, oder?«

»So ist es.«

»Aber wir haben Fotos davon«, Gesa scrollt die Bilder auf ihrem Handy durch. »Ich werde Frau Steinert anrufen und fragen, ob ihr Mann, bevor er verschwunden ist, so eine Uhr getragen hat.«

»Hat er. Das kann ich schon vorher bestätigen«, meint Lisa, »ich habe mir seine Kleidung beschreiben lassen, die er trug, als seine Frau ihn zum letzten Mal gesehen hat. Eine goldene Armbanduhr war ebenfalls dabei.«

»Donnerwetter!«, ruft Gesa. »Eine erste Spur!«

»Ein Grund mehr, die Frau anzurufen«, meint Lisa. »Soll ich?«

Gesa zögert kurz.

Dann stimmt sie zu: »Ja, natürlich. Sie haben ja schon einmal mit ihr gesprochen. Bitte sagen Sie nicht, dass die Uhr neben einem Toten lag.«

»Selbstverständlich nicht.« Lisa holt den Zettel mit der Handynummer von Eva Steinert aus ihrer Klarsichthülle und steht auf.

»Ich rufe von meinem Platz aus an«, sagt sie, »und stelle auf laut.«

»Steinert, Eva Steinert«, meldet sich eine Frauenstimme, sofort nach Lisas Anruf. Im Hintergrund läuft Wasser.

Hört sich an wie eine Dusche oder eine Toilettenspülung.

»Guten Tag, Frau Steinert. Hier spricht Kriminalobermeisterin Rückert aus Laboe«, sagt Lisa.

Am anderen Ende ist ein leiser Aufschrei zu hören. »Ach, du liebe Zeit! Ach Gott, ach Gott!«, jammert Eva Steinert. »Ich habe ganz vergessen, Sie zu informieren. Entschuldigen Sie bitte vielmals. Die Aufregung … und Joachim muss sich ständig übergeben.«

Daher die Spülgeräusche.

Frau Steinert bestätigt Lisas Vermutung: »Ich bin gerade mit ihm im Badezimmer«, keucht sie.

»Das heißt, Ihr Mann ist wohlbehalten zu Ihnen zurückgekehrt?«

»Na, wohlbehalten ist übertrieben. Sturzbetrunken war er.«

»Seit wann befindet er sich zu Hause?«

»Genau weiß ich es nicht. Morgens um sieben lag er plötzlich schlafend in der Hollywoodschaukel«, sagt sie. »Aber warum rufen Sie mich eigentlich an? Wissen Sie vielleicht, in welcher Kneipe Joachim versackt ist? Denen werd ich was erzählen, einen älteren Herrn so abzufüllen. Eine Schande ist das!«, schimpft Eva.

»Nein, tut mir leid, Frau Steinert. Bis eben wusste ich nicht einmal, dass Ihr Mann wieder bei Ihnen ist. Aber das ist eine sehr gute Nachricht, auch für die Polizei. Wir hätten es nur zu gern etwas eher erfahren.«

»Das tut mir wirklich sehr leid. Muss ich jetzt eine Strafe zahlen?«

»Es sind keine Maßnahmen angelaufen, daher belasse ich es bei einer Ermahnung. Eine Frage habe ich aber noch, Frau Steinert …«

»Fragen Sie gern!«, sagt Eva erleichtert. »Aber schnell, bitte. Joachim hängt schon wieder über der Toilette.«

Im Hintergrund hört man, wie er sich lautstark übergibt.

»Trägt Ihr Mann seine Armbanduhr? Sie wissen

schon, die goldene, die Sie mir in der Dienststelle beschrieben haben.«

»Ich weiß, welche Sie meinen. Das Erbstück seines Vaters. Nee, die hat er im Suff verloren. Leider.«

Gesa gibt Lisa ein Zeichen.

»Moment, Frau Steinert, bleiben Sie bitte in der Leitung. Ich unterbreche kurz das Gespräch«, erklärt Lisa.

Hauptkommissarin Bähr schaut in die Runde. »Ich schlage vor«, sagt sie, »Stefan und ich statten dem Steinert sofort einen Besuch ab. Wir müssen ihn zumindest erkennungsdienstlich behandeln. Wenn es seine Uhr ist, die die Kinder entdeckt haben, dann war er am Auffindeort der Leiche. Bitte kündigen Sie uns an, Lisa.«

19. Kapitel

»Mein Mann hat sich ins Bett gelegt«, erklärt Eva der Kommissarin und schenkt ihr frischen Kaffee nach. »Ihm geht's leider gar nicht gut.«

»Haben Sie denn einen Arzt kommen lassen?«

»Nein, er weigert sich.« Eva schüttelt bedauernd den Kopf und stellt die Kaffeekanne auf ein Stövchen. »Was soll ich denn tun?«

Gesa sieht sie mitfühlend an. »Tja«, seufzt sie. »Da kann ich Ihnen auch nicht weiterhelfen. Messen Sie aber sicherheitshalber seinen Blutdruck.«

»Das habe ich schon laufend getan«, versichert Eva. »Der ist in Ordnung.«

»Gut, dann dürfen wir Ihrem Mann doch an seinem

Krankenbett ein paar Fragen stellen? Es dauert nicht lange.«

»Na, wenn es sein muss. Ich verstehe nur nicht, warum die Kriminalpolizei erst nicht einmal nach ihm sucht, aber später, wegen seiner verschwundenen Uhr, einen solchen Aufwand veranstaltet.«

Evas Blicke schweifen von Gesa über Stefan bis zu Uwe Feddersen, dem Spezialisten der Kriminaltechnik.

Was wollen die nur alle von uns?

Gesa hatte den Kriminaltechniker kurzfristig ebenfalls zu der Ferienwohnung der Steinerts beordert.

»Wir sind zur Klärung eines Sachverhalts hier«, klärt sie die besorgte Urlauberin auf. »Die Uhr Ihres Mannes spielt in diesem Zusammenhang eine Rolle. Mehr darf ich Ihnen aus ermittlungstaktischen Gründen nicht sagen.«

Uwe Feddersen nickt Eva freundlich zu. »Lecker, Ihr Kuchen!«, sagt er und beißt genussvoll in eine Apfeltasche. »Ich muss gleich die Fingerabdrücke von Ihrem Mann nehmen«, murmelt er mit vollem Mund. »Am besten wäre es, wenn er uns auch eine Speichelprobe gibt. Dann können wir ihn eindeutig als den Besitzer und Träger der Uhr bestimmen.«

»Erhält er sie sonst nicht zurück?«, fragt Eva erschrocken.

»Genau!«, schwindelt Gesa.

»Na, dann wird er bestimmt alles tun, was Sie möchten. Die Uhr seines Vaters bedeutet ihm sehr viel.«

Uwe Feddersen wischt sich die Kuchenkrümel vom

Mund ab und erhebt sich. Er greift nach dem Spurensicherungskoffer neben seinem Stuhl. »Dann werd ich mal hineingehen …, wenn Sie gestatten, Frau Steinert?«

»Gehen Sie nur! Erste Tür links, gegenüber vom Bad.«

Stefan steht nun auch auf. Er schiebt den Angelhocker, den Eva eilig mit an den Tisch gestellt hatte, beiseite. »Darf ich mich derweil ein wenig auf dem Grundstück umsehen?«, fragt er.

Eva nickt eifrig. Sie weiß zwar nicht, was das alles zu bedeuten hat.

Aber irgendwie ist es spannend.

Die Kegelfreundinnen werden Augen machen, wenn sie zu Hause im Schwarzwald erzählt, was ihr und Joachim widerfahren ist. So viel Polizei im Haus! An der gemütlichen Ostsee? Das glaubt ihr kein Mensch.

Das sind ja Zustände, als ob sie tatsächlich bis nach Amerika gereist wären.

»Frau Steinert,«, bittet Gesa sie, nachdem Stefan den Kaffeetisch verlassen hat, »erzählen Sie mir noch einmal genau, was in der Zeit, kurz bevor Ihr Mann verschwunden ist, geschah. Woran erinnern Sie sich? Ist Ihnen irgendetwas Besonderes aufgefallen? Meine Kollegin berichtete mir, dass Ihr Mann den Strand mit seinem Fernglas beobachtet hat. Was hat ihn denn genau interessiert?«

Eva tupft sich mit einer Serviette den Mund ab. Ihre Augen schauen Gesa verlegen an. »Das ist mir ein wenig peinlich, Frau Kommissarin. Wissen Sie, mein Joachim hat so einen ausgeprägten Beschützerinstinkt und wittert überall Gefahr. Damit hat er mir und unseren Töchtern schon so manches Mal den letzten Nerv geraubt.«

Gesa wird hellhörig. »Was konkret hat er am Strand beobachtet?«, fragt sie sofort.

Eva räuspert sich. »Einen jungen Mann, also jünger als unsereins, meine ich. Er hat zwei Schülerinnen am Strand angesprochen.«

»Warum sprechen Sie von Schülerinnen?«

»Die beiden sind aus einer Klasse, die sich im Naturfreundehaus Kalifornien einquartiert hat. Die anderen Kinder und der Lehrer waren bei der Wärme ebenfalls am Strand, sogar unmittelbar in der Nähe. Das hat meinen Mann aber nicht davon abgehalten, sich furchtbar aufzuregen. Er hatte Angst um die Teenager.«

»Gab es einen Grund?«

Eva winkt ab. »Paranoia!«

»Könnten Sie mir den verdächtigen Mann trotzdem beschreiben?«

»Wahrscheinlich nicht so gut wie Joachim. Ich habe ja nicht durch sein Fernglas gesehen. Aber der Kerl war groß, schlank und hat ein buntes Hawaiihemd über der Shorts getragen.«

Gesa atmet tief durch.

Der tote Piet Schöller trug ein buntes Hemd, das abwechselnd mit Ananas, Palmen und Sonnenschirmchen bedruckt war.

»Geht's noch etwas genauer?«, fragt sie.

»Ach, nageln Sie mich bitte nicht auf das Muster fest. Aber gelb war schon die dominierende Farbe, würde ich sagen.«

»Vielen Dank, Frau Steinert. Das wär's dann. Wenn mein Kollege von der Kriminaltechnik mit seiner Arbeit fertig ist, werde ich Ihren Mann gleich noch einmal selbst befragen.«

Gesa nimmt einen Schluck Kaffee aus ihrer Tasse.

Bei dieser Hitze hat der sich keinen Deut abgekühlt.

»Ihr Kaffee ist übrigens vorzüglich!«, lobt sie.

»Danke schön!«, antwortet Eva. »Selbst gemahlen. Ich kaufe nur ganze Bohnen.« Sie schielt auf die halbvolle Tasse des Kriminalmeisters Voß:

»Wo bleibt denn Ihr Kollege so lange?«, fragt sie Gesa. »So groß ist der Garten doch gar nicht.«

Stefan Voß hat in der Zwischenzeit das zur Ferienwohnung dazugehörige Grundstück in Augenschein genommen.

Bisher war alles unauffällig.

Einen Aufreger gab es, als er um Haaresbreite in das Erbrochene vor der Hollywoodschaukel hineingetreten ist.

Nun fehlt ihm nur noch der Schuppen.

Mal sehen, was der jetzt so hergibt.

Stefan zieht sich vorsichtshalber Handschuhe an. Die Holztür des kleinen Gerätehäuschens ist nur angelehnt. Das dünne Vorhängeschloss ist offen und hängt einfach so an dem Türriegel herunter.

Und da wundern sich die Leute, wenn etwas gestohlen wird.

Er öffnet die Tür und schaut hinein.

Ein Rasenmäher, zwei Harken, Besen, Gießkannen, eine angebrochene Tüte Dünger … Stefan steigt jetzt vorsichtig über einen Eimer mit Blumenerde.

Fehlt nur noch, dass er den umkippt.

Hinten, in der äußersten, dunklen Ecke des wenige Quadratmeter großen Schuppens hat ein Spaten seine Aufmerksamkeit geweckt.

Im Gegensatz zu den übrigen, blitzblanken Gartengeräten ist der mächtig verdreckt.

Stefan trägt den Spaten aus dem Schuppen ans Tageslicht.

An der unteren, scharfen Kante erkennt er zwischen den Sandresten dunkelrote Spuren. Er bückt sich, um das Schaufelblatt genauer zu betrachten.

Das ist doch angetrocknetes Blut! Und Haare!

20. Kapitel

Es ist spät am Nachmittag. Niklas schlendert Arm in Arm mit Swantje über den Strand. Sie liebt es, genau wie er, barfuß durch die Gischt der auslaufenden Wellen zu laufen.

Als einem Kind der Buddeleimer ins Wasser kullert und wegzuschwimmen droht, läuft Niklas hinterher und holt den Eimer zurück.

Er kniet sich neben das etwa fünfjährige Mädchen in den Sand und hält ihr den Eimer ein.

»Deine Kleckerburg ist ja schon ordentlich groß«, lobt er und lächelt die Kleine an.

Eine Frau in einem marineblauen Badeanzug stürzt herbei und reißt das Mädchen hoch. »Was wollen Sie von meinem Kind?«, kreischt sie und wirft Niklas einen verächtlichen Blick zu.

Dann geht sie zwei Schritte zur Seite. »Du sollst nicht mit Fremden spielen!«, schimpft sie die Kleine aus. Das Mädchen weint vor Schreck laut los.

Alle Augen der Strandbesucher in der Nähe sind inzwischen auf Niklas gerichtet. »Moment!«, ruft Swantje, die sofort herbeigeeilt ist. Sie stellt sich vor Niklas und versucht, die Situation zu erklären: »Mein Freund hat Ihrer Tochter nur den Spieleimer zurückgebracht. Der war von einer Welle mitgerissen worden.«

Ein Raunen erfasst die neugierige Menschenmenge.

Ach so.

Swantje ist noch nicht fertig mit der Frau: »Sie sollten Ihr Kind lieber nicht so dicht am Wasser spielen lassen! Das nächste Mal ist es vielleicht Ihr Mädchen, das von einer Welle mitgerissen wird, und nicht nur der Eimer.«

Die aufgebrachte Mutter wird rot im Gesicht. Man erkennt es trotz des breitkrempigen Sonnenhuts, den sie trägt.

»Entschuldigung«, sagt sie zu Niklas. »Ich bin etwas vorschnell gewesen. Aber hier soll sich seit gestern ein Kinderschnacker am Strand herumtreiben. Außerdem wurde heute Vormittag, oben in den Dünen beim Campingplatz, eine Leiche gefunden.«

Einige Schaulustige, die sich neugierig neben die junge Mutter gestellt haben, nicken zustimmend.

Niklas schaut die Frau verwundert an.

Träume ich gerade?

»Woher wissen Sie das?«, fragt er.

Auch die anderen Urlauber möchten gern mehr erfahren.

Die junge Mutter genießt es jetzt, im Mittelpunkt zu stehen: »Ich bin alleinerziehend und verbringe den

Ostseeurlaub mit meiner Tochter im Naturfreundehaus«, berichtet sie. »Die Lage ist super, die Zimmer sind zweckmäßig eingerichtet und nicht so teuer. Deshalb übernachten dort auch regelmäßig Schulklassen. Zwei Schüler haben den Toten entdeckt. Sie dürfen nicht darüber reden. Aber bei so vielen Kindern sickert etwas durch. Außerdem hatten wir kurz vor dem Mittagessen die Kripo im Haus.«

»Sind Sie sicher?«, Niklas kommt aus dem Staunen gar nicht mehr heraus.

»Ja«, antwortet die Frau. »Die Schüler wurden im Speisesaal befragt. Deshalb hat sich die Essensausgabe um fünfzehn Minuten verspätet. Ich hatte mich sofort in der Küche erkundigt, was da los ist. Meine Mausi war schon so hungrig.«

Sie tätschelt ihrer Kleinen die verheulten Wangen.

»Mami wollte nicht so doll schimpfen. Du bekommst nachher ein großes Eis«, verspricht sie.

Die braunen Knopfaugen ihrer Tochter strahlen sie an.

Zufrieden wirbelt die Frau ihr Kind durch die Luft. »Du bist doch Mamis Riesenschatz!«, sagt sie und küsst sie auf die Stirn.

Die Menschenmenge um sie herum beginnt sich langsam wieder aufzulösen. Die Umstehenden haben ihre Neugier ausreichend befriedigen können.

Niklas muss sich erst einmal sammeln.

Ein Eis könnte ich jetzt auch gebrauchen, denkt er.

Ach was, ich will eine ganze Eistonne, um vor Wut hineinzuspringen.

Wir haben einen Toten im Revier und niemand sagt mir etwas.

Verärgert gräbt er mit seinem nackten Zeh im Sand.

»Niklas«, tröstet Swantje ihn, als könnte sie seine Gedanken lesen. »Du hast Urlaub.« Sie schmiegt sich an ihn. »Denk mal an unseren Vormittag heute, bei dir im Haus! Stell dir vor, deine Chefin hätte dich angerufen …«

Nun lächelt Niklas wieder.

Die heißen Stunden zu zweit möchte er auf keinen Fall missen.

»Du hast ja recht, Swantje.« Er umarmt sie und drückt sie fest an sich.

Außerdem muss es sich bei dem Toten nicht um das Opfer eines Verbrechens handeln.

Und wenn doch?

Er grübelt.

Müsste die Bähr ihm dann nicht Bescheid sagen?

Niklas schaut Swantje in ihre hellgrauen Augen.

Die wirken immer so kühl, dabei steckt so viel Feuer in der Frau.

Nein, es ist gut, dass Gesa mich im Urlaub in Ruhe lässt.

Wenn er an früher zurückdenkt, an seine Zeit als verdeckter Ermittler, dann hat ihn diese Arbeit jedes Mal in seinen Beziehungen scheitern lassen. Er hat sein Privatleben einfach nicht genug heraushalten können.

Ja, er hat sogar das Leben seiner Liebsten aufs Spiel gesetzt.

Diesen Fehler darf er nicht wiederholen.

21. Kapitel

Joachim Steinert versteht die Welt nicht mehr.

Dieser Urlaub ist ein Albtraum.

Aber das Schlimmste ist, dass seine Frau Eva in Tränen aufgelöst ins Badezimmer gelaufen ist und sich eingeschlossen hat.

Sie glaubt ihm nicht.

Plötzlich wird er verdächtigt, einen Mann getötet zu haben.

»Herr Steinert!«, ermahnt Gesa ihn. »Sie müssen schon mit uns kooperieren. Wie ist der blutige Spaten in den Schuppen Ihrer Ferienwohnung gelangt?«, fragt sie ungeduldig.

Aber Joachim wiederholt gebetsmühlenartig dasselbe, was er seit einer halben Stunde sagt.

»Ich kann mich an nichts erinnern und weiß nicht einmal, ob der Spaten schon vorher im Schuppen stand. Ich bin ja nicht zur Gartenarbeit hergefahren und habe, als wir Sonnabendnachmittag ankamen, nur einmal kurz in den Schuppen hineingesehen. Das Schloss war da allerdings schon kaputt.«

»Na, dann erinnern Sie sich ja wenigstens an etwas«, wirft Stefan ein, der gemeinsam mit der Hauptkommissarin die Vernehmung durchführt.

Joachim hat sich dafür seinen Bademantel übergezogen und sich zu den beiden auf die Terrasse gesetzt.

»Wir benötigen die Adresse Ihres Vermieters«, meint Stefan zu ihm, »damit wir die Herkunft des Spatens überprüfen können.«

»Kenne ich nicht. Die Wohnung habe ich über die

zentrale Vermittlung an der Strandpromenade in Laboe gebucht. Bei einer Frau Iversen.«

Gesa winkt ab. »Gut, dann klären wir das selbst«, sagt sie und sieht Joachim eindringlich an: »Herr Steinert, an irgendetwas, was Sie entlasten könnte, müssen Sie sich doch erinnern! Ich werde Sie sonst vorläufig festnehmen wegen des dringenden Tatverdachts, ein Tötungsverbrechen begangen zu haben oder zumindest daran beteiligt gewesen zu sein.«

Jocham zieht sich den Gürtel an seinem Bademantel fester über den Bauch. »So, wie ich bin, führen Sie mich ab?«

»Natürlich dürfen Sie sich vorher etwas anderes anziehen und begleiten uns dann hoffentlich freiwillig. Eine Abführung durch die Schutzpolizei möchte ich Ihnen ersparen. Wir werden Sie von den Kollegen nach Kiel bringen lassen, wo Sie dem Haftrichter vorgeführt werden. Außerdem müssen wir Ihnen Blut abnehmen, um festzustellen, was abgesehen vom Alkohol Ihr Gedächtnis so dermaßen getrübt hat.«

»Ich nehme keine Drogen und ich kann mich nicht erinnern, gestern etwas anderes getrunken zu haben als meinen Morgenkaffee und später am Strand etwas Wasser aus meiner Trinkflasche. Warum ich heute eine solche Fahne hatte, weiß ich nicht.«

Joachim wischt sich den Schweiß von der Stirn.

»Sie müssen mir glauben, ich bin unschuldig. Dem Mann, den Sie mir auf dem Foto gezeigt haben, bin ich nur hinterhergelaufen. Es ist derselbe wie der Tote auf Ihrem Foto, ganz sicher. Dieses knallbunte Hemd hat er auch getragen. Aber ich habe ihm nichts getan«, versichert Joachim mit weinerlicher Stimme.

Stefan versucht es jetzt auf die verständnisvolle Art. »Herr Steinert, wir glauben Ihnen, dass Sie kein eiskalter Mörder sind. Aber Ihre Frau hat der Hauptkommissarin berichtet, dass Ihr Beschützerinstinkt doch etwas stärker ausgeprägt ist. Vielleicht sind Sie wütend geworden, haben den Mann zur Rede gestellt, weil er junge Mädchen am Strand belästigt hat …«

»Nein!«, schreit Joachim. »So war es nicht! Wie oft soll ich es Ihnen denn noch sagen: Ich bin dem Kerl heimlich gefolgt. Nachdem er fünfzig Meter weiter wieder ein Kind angequatscht hat. Meine Frau war ja im Strandkorb eingeschlafen, deshalb hatte ich ihr nichts gesagt. Der Mann ist dann den nächsten Strandaufgang hoch und dann bis zu einem Toilettenhäuschen am Wäldchen gelaufen. Hinter die Damentoilette, wohlgemerkt. Ich bin ihm nach und als ich angekommen bin, hörte ich Stimmen. Aber als ich um die Ecke geschaut habe, stand er nur noch allein da und hat sich den Arm gehalten. Dann ist er zusammengesackt und reglos liegengeblieben. Ich bin zu ihm hin, wollte ihm hochhelfen, doch plötzlich wurde mir schwindlig … von da an habe ich einen kompletten Filmriss.«

»Aber irgendetwas muss doch kurz vorher passiert sein. Oder wird Ihnen öfter so schwindlig, dass Sie aus heiterem Himmel in Ohnmacht fallen?«

»Nein, die Hitze macht mir normalerweise nicht so viel aus. Ich verstehe es selbst nicht. Meine Erinnerung setzt erst wieder ein, als ich morgens mit einem furchtbaren Brummschädel auf der Hollywoodschaukel aufgewacht bin.«

»Ist das Erbrochene vor der Schaukel von Ihnen?«,

fragt Stefan.

»Ja, das ist von heute Morgen.«

»Ich schlage vor, dass Uwe davon etwas eintütet, wenn er im Schuppen fertig ist«, meint Stefan zu Gesa. »Wenn wir einfach mal davon ausgehen, dass Herr Steinert die Wahrheit sagt, dann lassen sich in seinem Mageninhalt von vor fast zehn Stunden vielleicht noch Betäubungsmittel nachweisen. Für eine Blutprobe ist es jetzt eigentlich schon zu spät.«

»Das heißt, Sie glauben mir?« Joachim schaut den jungen Kriminalbeamten dankbar an.

»Was ich glaube, tut nichts zur Sache. Verdächtig sind Sie in jedem Fall. Es ist Ihre Uhr, da glaube ich nämlich nicht an Zufälle. Die Kriminaltechnik wird es aber noch genau ermitteln. Wenn wir an dem Spaten Blut des Opfers und Ihre Fingerabdrücke finden, sieht es allerdings gar nicht gut für Sie aus, Herr Steinert.«

Joachim schlägt die Hände vors Gesicht.

»Ich weiß«, stammelt er.

Freitag

22. Kapitel

Punkt zwölf gibt's Mittag!

Das waren Trudes abschließende Worte, als Niklas sich gestern Abend mit ihr am Telefon verabredet hat. Swantje und er waren sich endlich einig geworden.

Niklas erscheint am Wochenende bei Swantjes Familie zum Antrittsbesuch und sie begleitet ihn dafür heute zu einem Mittagessen bei Trude Hansen. Die Einundachtzigjährige hat Niklas versprochen, ihren berühmten Pannfisch zuzubereiten.

Swantje Hussmann hält mit ihrem Smart auf dem Parkplatz am Jachthafen von Laboe. Niklas steigt als Erster aus. »Ich hole uns schnell einen Parkschein«, sagt er und läuft zu dem nur wenige Meter entfernten Automaten.

Oje, wundert sich Swantje bei einem Blick auf die Preistafel an dem Schild vor ihrer Parkbucht. »Das kostet aber ordentlich für den halben Tag«, sagt sie zu Niklas, als er mit dem Parkticket zurückkommt.

»Nun weißt du, warum ich immer Fahrrad fahre«, lacht er fröhlich. Swantje schaut ihn verliebt an. Niklas' klassisch geschnittenes Gesicht bekommt einen lausbubenhaften Ausdruck, wenn die Grübchen unter seinen Wangenknochen hervortreten. Das gefällt ihr.

»Nein, Scherz!«, meint Niklas. »Die Parkgebühren könnte ich mir leisten. Ein Auto ebenfalls, aber ich liebe es, an der frischen Luft zu radeln. Es ist mein Ausgleichssport.«

Swantje steigt aus ihrem Smart und schaut zu ihrem ein Meter neunzig großen Freund hoch: »Mehr Beinfreiheit als in meinem Kleinwagen hast du dabei auf jeden Fall.«

»Ach was, ich habe schon lange nicht mehr so komfortabel in einem Auto gesessen«, versichert Niklas ihr. »Dein Flitzer ist im Vergleich zu dem Dienstopel meiner Chefin super bequem. Seit ich vor fast einem

Jahr meinen Dienst als Kriminalkommissar in Laboe begonnen habe, ist die Sitzverstellung defekt und meine Knie fungieren bei jeder Fahrt als Ohrenschützer.«

»Dann musst du wenigstens nicht hinhören, falls sie dich unterwegs kritisiert, haha«, amüsiert sich Swantje.

»Ach, das hält sich in Grenzen. Ich kann ja verstehen, dass der Chefin meine Alleingänge am Anfang nicht gefallen haben. Wir kommen inzwischen aber gut klar, duzen uns sogar.«

Swantje hakt sich bei Niklas ein. »Ich hoffe, doch nicht zu gut.«

Niklas küsst sie. »Na, das ist ein Quatsch. Da kann ich dich beruhigen. Was du für Ideen hast! Aber niedlich, deine Eifersucht.«

Er umarmt Swantje. Gemeinsam schlendern sie die Hafenstraße hinunter. Niklas schaut auf die Uhr.

»Wir haben noch zehn Minuten Zeit. Dort vorn ist ein Blumengeschäft. Ich werde Trude einen frischen Strauß kaufen. Die Nougatpralinen hast du doch in der Tasche?«

»Hab ich. Wenn sie bei der Wärme nicht geschmolzen sind.«

»Trude liebt Nougat. Damit eroberst du ihr Herz im Sturm.«

»Mir reicht deins völlig aus, Niklas.«

»Na, du weißt doch, wie ich es meine. Trude ist lieb, aber ein wenig direkt. Sie nimmt kein Blatt vor den Mund. Auch bei mir nicht.«

»Danke für die Warnung. Ich hoffe, ich halte ihren kritischen Blicken stand.«

»Da bin ich mir sicher.«

Swantjes Handy klingelt leise in ihrer Handtasche. Sie dreht sich aus Niklas' Umarmung und schaut nach. »Oh, da muss ich kurz ran. Kannst du bitte allein zum Blumenladen gehen?«

»Selbstverständlich«, meint Niklas zu ihr, »ich hole dich später hier an der Bank wieder ab«, wollte er noch sagen, aber Swantje ist schon mit dem Handy am Ohr vom Bürgersteig herunter auf einen kleinen Spielplatz gelaufen.

»Ich nehme drei Chrysanthemen dazu«, hört Niklas eine Kundin im Blumenladen sagen.

Die Stimme kenne ich doch.

Die Hauptkommissarin!

»Hallo, Niklas! So früh schon auf?«, neckt sie ihn.

»Ausnahmsweise. Das Frühstück haben wir ausfallen lassen.«

»Aha. Wo ist denn deine bessere Hälfte oder möchtest du die junge Dame mit Blumen überraschen?«

»Swantje telefoniert draußen. Die Blumen sind für Trude.«

Gesa sieht Niklas enttäuscht an.

Mist, jetzt sehe ich sie wieder nicht.

Sie legt das Geld passend auf den Ladentisch. »Acht Euro. Bitte schön, Heike!«, sagt sie zu der Verkäuferin. »Papier benötige ich keines. Ich stelle den Strauß bei meiner Schwester gleich in die Vase.«

Nun weiß Niklas, dass Gesa noch in die Bähr-Apotheke ca. dreißig Meter weiter möchte.

Ob sie ihm vorher von dem neuen Fall berichtet?

Gesa sieht ihn prüfend an.

Er weiß etwas.

Kein Wunder, schließlich wohnt er in Kalifornien.

Wenn er gestern bei der Hitze am Strand war, muss er etwas mitbekommen haben.

Niklas bückt sich nach den fertig gebundenen Sommersträußen in dem Wassereimer vor dem Verkaufstresen.

Er kann sich nicht entscheiden.

Gesa stupst ihn an. »Hast du schon gehört?«, fragt sie leise.

»Mhm. Ein Toter in den Dünen«, murmelt er.

»Tschüss, Heike«, sagt Gesa zu der Besitzerin des Blumenladens. »Ich muss dann mal, meine Mittagspause ist kurz.«

»Ich warte draußen«, flüstert sie Niklas ins Ohr.

Vor dem Geschäft klärt Gesa ihren Kollegen kurz über die Lage auf.

»Wir gehen von einem Verbrechen aus, aber wir haben alles im Griff«, beruhigt sie ihn. »Ein Hauptverdächtiger sitzt bereits in U-Haft. Du kannst in Ruhe deinen Urlaub genießen.«

Niklas strahlt. »Das tue ich wirklich, glaub mir.«

»Du siehst glücklich aus. Ich freue mich für dich. Wo bleibt deine Freundin denn?«, fragt Gesa neugierig.

Niklas schaut sich um.

Er zuckt verwundert mit den Achseln.

Vorhin stand Swantje doch bei der Bank am Spielplatz.

Er sieht auf sein Handy.

Keine Nachricht, aber die Uhr zeigt zwei Minuten vor zwölf.

»Ich rufe Swantje gleich mal an. Sonst kommen wir zu spät zum Mittagessen.«

»Bei Trude? Na, dann lass dir schon mal eine gute Ausrede einfallen. Tschüs, Niklas!«, verabschiedet sich Gesa.

Niklas wählt eilig Swantjes Nummer.

Das Besetztzeichen erklingt.

Immer noch?

23. Kapitel

Völlig außer Puste erreichen Niklas und Swantje um zehn Minuten nach zwölf Trudes Haus.

Swantje betätigt sofort die nostalgische Klingel an dem weiß getünchten Kapitänshäuschen.

Oh, nein! Niklas greift nach ihrem Arm. »Langsam!«, ruft er.

Aber zu spät.

Der verrostete, in die Jahre gekommene Klingelknopf bleibt stecken und verursacht einen scheppernden Dauerton.

Swantje wird rot.

Mist!

Schon das zweite Fettnäpfchen.

Erst zu spät kommen, dann Sturm klingeln.

Ihr Herz rast vor Aufregung. Sie atmet tief durch.

Niklas zuckt ratlos mit den Schultern: »Der Knopf klemmt schnell fest beim Klingeln … das hatte ich vergessen, dir zu sagen«, entschuldigt er sich.

Es knarrt laut. Mit einer Haarnadel bewaffnet, öffnet Trude den beiden ihre grün angestrichene Haustür.

»Ach, Kinder!«, sagt sie lachend und pult den eingedrückten Klingelknopf mit der Nadel aus dem Gehäuse.

Gott sei Dank ist endlich Ruhe, denkt Swantje. *Dieser Ton war nervtötend.*

»Guten Tag, Frau Hansen«, sagt sie so unbekümmert wie möglich, »entschuldigen Sie, dass …«

»Ach, lass mal gut sein!«, unterbricht Trude sie sofort. »Für Niklas bin ich Trude und natürlich auch für seine Freundin.«

»Danke schön, ich heiße Swantje.«

Trude greift nach Swantjes Hand. »Deine Finger sind ja eiskalt, Mädchen, und das bei der Wärme.« Sie wirft Niklas einen tadelnden Blick zu.

»Kümmerst du dich denn genug um deine Freundin?« An Swantje gewandt sagt sie: »Ich koch dir gleich einen Tee. Schuss Rum rein und du wirst sehen, mein Grog kann Tote aufwecken.«

Erschrocken hält sich Trude den Mund zu.

Sie schließt die Tür ab und schiebt Niklas und Swantje durch den schmalen Flur.

»Hast du gehört, Niklas? Schon wieder eine Leiche an unserer schönen Küste …«, stöhnt sie und zerrt zwei Paar Besucherpuschen aus dem Schuhregal unter dem Spiegel hervor.

Niklas nickt: »Ja, ich hab's mitbekommen«, sagt er und zieht sich die viel zu kleinen Latschen über seine großen Füße.

»Seid ihr deshalb zu spät?«, will Trude wissen und schaut Niklas streng in seine blauen Augen.

Er nimmt die Notlüge dankbar an.

»Genau!«, schwindelt er. »Eigentlich bin ich im Urlaub, aber am Hafen habe ich Gesa zufällig getroffen. Das Gespräch hat etwas länger gedauert.« Niklas überreicht Trude jetzt den Blumenstrauß.

»Die wollte ich natürlich auch noch besorgen. Bitte schön!« Er lächelt Trude an.

Sie greift nach den Blumen und strahlt vor Freude. »Ein Mann mit Manieren und Charme«, sagt sie zu Swantje, die in ihrer Handtasche nach den Nougatpralinen kramt, »pass gut auf ihn auf!«, warnt Trude sie. »Die Weiber stehen Schlange bei ihm.«

Swantje quält sich ein Lächeln ab.

Die Nougatpralinen sind weg.

Trude versteht es falsch: »Keine Angst, ich mach nur Scherze. Der Niklas ist eine treue Seele. Bei seinen Eskapaden war er nicht in einer Beziehung, stimmt's?«

Niklas rollt hinter Trudes Rücken mit den Augen.

Swantje wirft ihm verzweifelte Blicke zu. Sie führt zwei Finger zum Mund, als würde sie von etwas abbeißen, um ihm zu signalisieren, dass sie die Pralinen nicht dabeihat.

Hat sie diese bei Niklas zu Hause liegen lassen?

Oder eben erst verloren?

Endlich hat Niklas verstanden, was sie meint.

»Trude«, sagt er, »Swantje hatte dein Lieblingskonfekt in Kiel besorgt, aber wir haben die Schachtel lieber in meinem Kühlschrank gelassen.

Es ist so heiß heute und wir wollten vormittags noch an den Strand.« Niklas lächelt Trude verschmitzt an: »Ein Grund mehr, bald wiederzukommen …«

»Also, wenn das ein Grund ist, mich zu besuchen,

kannst du von mir aus deinen kompletten Kühlschrank mit Nougat auffüllen«, antwortet Trude und stürmt in die Küche.

»Dein Krückstock!«, ruft Niklas ihr hinterher. »Du sollst doch nicht ohne über den rutschigen Läufer im Flur gehen.« Er tritt schnell ein paar Teppichwellen platt, während Swantje interessiert die Küstengemälde an der Wand mustert.

»Warum sind da überall weiße Flecken? Fehlen denn welche?«, flüstert sie Niklas zu.

»Die hat Niklas' Freund Holger mit nach Berlin genommen«, ruft Trude aus der Küche. »Er wird davon Reproduktionen anfertigen lassen und in seiner Galerie verkaufen. Mein verstorbener Mann Kurt hat die Bilder gemalt.«

Oh, die alte Dame hört aber ausgezeichnet.

Swantje geht in die Küche und fragt, ob sie etwas helfen kann.

»Ich habe Ohren wie ein Luchs, junges Fräulein«, erklärt Trude ihr, während sie den Pannfisch in der Senfsoße erwärmt. »Wobei ich das hübsche Tier meine und nicht unseren Niklas Lux. Der sitzt oft auf seinen Ohren, vor allem, wenn ich sage, dass es um zwölf Uhr Essen gibt.«

»Es war doch dienstlich …«, redet sich Niklas erneut heraus.

Er weiß immer noch nicht, warum Swantje sich verspätet hat. Sie schien abgehetzt und völlig durcheinander, als sie ihm, mit der offenen Tasche über dem Arm, vom Jachthafen entgegengerannt kam.

Vielleicht sind ihr die Pralinen unterwegs herausgefallen.

»Lasst es euch schmecken! Zum Wohl!« Trude prostet Niklas und Swantje zu. Zur Feier des Tages hat Niklas eine Flasche ihres Lieblingsrotweins entkorkt und allen am Tisch eingeschenkt.

Swantje ist froh, dass sie endlich essen kann und keine Fragen mehr beantworten muss, denn Trude ist bei ihrem Lieblingsthema angelangt: den Verbrechen in Laboe und den angrenzenden Küstengemeinden.

»Niklas?«, fragt sie mit halbvollem Mund. »Stimmt es, dass der Tote aus Berlin ist?«

»Trude, ich darf dir darüber nichts erzählen.«

»Also ist er es. Keine Antwort ist auch eine Antwort.«

Niklas isst weiter seinen Fisch. »Köstlich, Trude. Die Senfsoße hat genau die richtige Konsistenz.«

»Ich habe auch keine Körner drinnen.«

Trude stupst Swantje, die neben ihr sitzt, an. »Niklas mag keine ganzen Senfkörner«, kichert sie und schenkt sich Rotwein nach.

Ihre Wangen glühen. Erst die Hitze in der Küche und nun der liebe Besuch.

Trude ist in Hochstimmung, denn sie möchte Niklas noch etwas Wichtiges erzählen.

Der Tote ist der Berliner Fotograf.

Das weiß sie aus sicherer Quelle von der Bäckersfrau. Die Hafenbäckerei beliefert das Naturfreundehaus in Kalifornien mit frischen Brötchen. Die Küchenchefin der Herberge hat dem Fahrer erzählt, dass zwei Schüler den Mann gefunden haben.

»Der Fotograf, Piet Schöller heißt er, das weiß ich vom Hafenmeister Grote, soll ein schlimmer Finger gewesen sein«, beginnt Trude plötzlich wie aus dem

Nichts zu erzählen.

Niklas zuckt zusammen.

Ich habe Urlaub.

Seine Augen suchen Swantje. Aber die schaut völlig abwesend. Seit sie am Hafen kurz verschwunden war, verhält sie sich merkwürdig zerstreut.

»Trude, von mir erfährst du nichts«, sagt Niklas und schenkt sich ebenfalls Wein nach.

»Na, das ist mir klar. Aber du erfährst etwas von mir. Ermittlungsrelevante Informationen sozusagen«, brüstet sich Trude.

Wo hat sie denn den Fachausdruck aufgeschnappt?

»Wenn du eine Zeugenaussage machen willst, unsere Dienststelle liegt fünf Minuten zu Fuß von dir.«

»Wo ich so schlecht laufen kann, Niklas! Also wirklich«, empört sich Trude und zeigt auf ihre Krücke. »Du bist doch gerade bei mir, da kann ich es dir auch gleich erzählen.«

Niklas wagt jetzt keinen Widerspruch mehr. »Gut. Was hast du auf dem Herzen?«

»Als ich am Mittwoch bei Fischer Friese meine Scholle gekauft habe, hat sich dieser Fotograf ein Fischbrötchen gegönnt. Der Geizhals hat sich auf den Cent genau herausgeben lassen, obwohl ihm Hagen extra einen Matjes dazu gepackt hat, weil er so hungrig war.«

Trude lehnt sich in ihren Stuhl zurück. »Aber Hochmut kommt vor dem Fall. Nun ist er tot.«

Niklas nickt nur stumm.

Er weiß aus Erfahrung, je mehr er nachfragt, umso länger wird Trudes Bericht.

»Plötzlich gab es ein Mordsgezeter. Der Typ wurde

von einer Blondine angegangen, mit einem Busen, sag ich dir, dicker als die gelben Bojen im Nichtschwimmerbereich.«

Über Swantjes Gesicht huscht ein zaghaftes Lächeln. Sie senkt schnell ihren Blick und tut so, als ob ihr etwas unter den Tisch gefallen ist.

Niklas nimmt einen Schluck Wein und schaut auf die Uhr über der Couch.

»Ich bin noch nicht am Ende meiner Erzählung!«, ermahnt Trude ihn. Sie setzt jetzt ihren triumphierenden Blick auf, den Niklas bereits aus vergangenen Berichten der Hobbydetektivin kennt.

»Die blonde Frau hat ihm einen Umschlag um die Ohren gehauen und ihn wüst beschimpft. Er hat sie dann hinter ein Haus gezerrt, aber ihr Geschrei war trotzdem bis zum Fischwagen zu hören. Sie hat ihm gedroht, dass er sie noch kennenlernen wird.«

Trude ächzt und nimmt einen großen Schluck Wasser. »Was sagst du nun, Herr Kommissar?«

Niklas wischt sich mit einer Serviette den Mund ab.

»Das wirst du bei Gesa zu Protokoll geben müssen, Trude, und vielleicht musst du nach Kiel zu einem Phantomzeichner.«

»Ach was, da waren noch mehr Leute in der Schlange. Bestimmt hat einer von denen Fotos mit dem Handy gemacht. Es sah auch zu lustig aus, wie die beiden gezankt haben.«

Trude räuspert sich. »Da wusste ja keiner, dass der Mann den nächsten Tag tot ist. Wobei, er soll scharf auf junge Mädchen gewesen sein. Na, über die Toten nichts Schlechtes.«

»Kennst du die Personen, die mit dir am Fischwagen gewartet haben?«, fragt Niklas.

»Machst du Scherze?« Trude bekommt vor Aufregung einen Hustenanfall. Swantje klopft ihr vorsichtig auf den Rücken.

»Ich kenne jeden im Ort«, krächzt Trude. »Die Urlauber sind so früh noch nicht an Frieses Wagen. Deren erster Gang ist immer zum Bäcker. Deshalb war uns der Fotograf gleich aufgefallen. Außerdem trug er ein knallbuntes Hemd, wie ein Kanarienvogel hat er ausgesehen.«

Die Beschreibung passt, denkt Niklas.

Gesa hatte ihn vor dem Blumengeschäft über das Opfer und den Ermittlungsstand aufgeklärt.

»Ich werde nachher in der Dienststelle vorbeigehen und von deinen Beobachtungen berichten, Trude«, schlägt Niklas ihr vor. »Es wäre gut, wenn du die Namen der anderen Zeugen aufschreibst. Falls die Kollegen Fragen haben, rufen sie dich an, oder Gesa besucht dich.«

Trude nickt glücklich.

Ohne mich lösen die eben keinen Fall.

24. Kapitel

»Nun beschreib uns die Dame mal genauer, Wenke!«, fordert Gesa Iversens Nichte auf. »Wir kennen inzwischen alle Teilnehmerinnen für den Meerjungfrauen-Kostümwettbewerb. Es sind ausnahmslos Mädchen und Frauen aus den umliegenden Küstenorten. Nur eine Sophia Hermann, die haben wir immer noch nicht gefunden.«

»So sieht's aus!«, ruft Stefan von seinem Schreibtisch herüber. Er und Lisa sind dabei, die Alibis der Mädchen zu überprüfen.

»Kein Wunder«, meint Wenke und streckt die Beine unter dem Besuchertisch aus, »ich vermute, bei der Unbekannten handelt es sich um Häkelcathy, eine bekannte YouTuberin aus dem Internet. Ihre Videos sind legendär. Sie hat Millionen Follower.«

»Häkelcathy?«, Gesa verzieht fragend ihren Mund, »interessieren sich die jungen Leute denn heutzutage fürs Häkeln?«

»Na und ob! Cathy entwirft extravagante, teilweise sehr freizügige Outfits, die kinderleicht nachzumachen sind. Ich wette, ihr Kostümentwurf, den sie dem Fotografen gezeigt hat, ist auch gehäkelt.«

»Hast du ihr Kostüm gesehen?«

»Nein, der Herr Schöller hat sich die Bilder allein angeschaut und er hat die verkleidete Cathy dabei so komisch gemustert. Sie musste sogar ihre große Sonnenbrille absetzen.«

»Den Klarnamen der Prominenten kennst du nicht zufällig, Wenke?«, fragt Gesa.

»Nee, den weiß ich nicht.«

»Ich werde beim Provider nachfragen«, mischt sich Lisa ein. »Die Cathy habe ich sofort gegoogelt. Alle Achtung, tolle Sachen sind das. Nicht alle mein Geschmack, aber sehr originell«, lobt sie.

Es klopft an der Tür zum Großraumbüro der Dienststelle.

Lasse springt von seinem Platz hinter dem Tresen hoch, um die Tür zu öffnen, da geht diese bereits von allein auf.

»Mahlzeit, alle zusammen!«, begrüßt Niklas Lux die erstaunten Kollegen. »Ich hoffe, ich störe nicht.«

Stefan sieht den Oberkommissar fragend an.

Hat der nicht Urlaub?

»Ich könnte mir weiß Gott etwas Schöneres vorstellen, als an meinem zweiten Urlaubstag in der Dienststelle aufzukreuzen …«, erklärt Niklas zerknirscht.

Gesa dreht sich erwartungsvoll zu ihm um.

Wo ist denn seine bessere Hälfte?

Gerade will sie nachfragen, da fällt ihr zum Glück noch rechtzeitig ein, dass sie niemandem verraten darf, dass Niklas in einer Beziehung ist.

Obwohl, wenn er mittags mit seiner Freundin bei Trude zu Besuch war, weiß es bis heute Abend ohnehin der ganze Ort.

»Hängt dein unerwarteter Besuch bei uns mit dem Mittagessen bei Trude zusammen?«, will Gesa wissen.

Niklas nickt und setzt sich zu ihr und Wenke an den Besuchertisch.

»Hallo, Wenke!«, begrüßt er Polizeimeister Iversens Nichte.

Er kennt sie vom Sehen, da sie ihren Onkel öfter besucht. Außerdem arbeitet Wenke für die DLRG am Schönberger Strand, wo Niklas regelmäßig schwimmen geht.

»Erraten, Gesa!«, wendet sich Niklas an die Hauptkommissarin. »Ich bin stellvertretend für Trude hier. Sie hat in dem neuen Fall ermittlungsrelevante Beobachtungen gemacht.«

Gesa stöhnt und verdreht die Augen.

»Lisa!«, ruft sie. »Können Sie bitte Wenkes Aussage zu Ende aufnehmen. Ich verschwinde mal kurz mit

unserem Lux in meinem Büro.«
Niklas lächelt Gesa dankbar an.
Ich habe ja nicht viel Zeit.
Swantje wartet.
Sie wollte inzwischen am Hafen ein paar Mitbringsel für ihre Familie kaufen. Für den gemeinsamen Kaffeebesuch bei ihren Eltern am Sonntag.
»Danke, Lisa!«, sagt Niklas zu seiner Kollegin und rückt ihr seinen Stuhl zurecht.

Gesa läuft schnurstracks in ihr Büro und setzt sich sofort hinter ihren Computer.
Wenn der Lux schon mal da ist, kann er mir gleich helfen.
Niklas betritt den Raum und nimmt als Erstes einen Berg grauer Aktenordner von dem einzigen verfügbaren Stuhl herunter.
Er legt die Ordner auf die Fensterbank und schaut sehnsüchtig hinaus.
Superwetter.
In Gedanken sieht er sich schon mit Swantje in einer einsamen Strandburg liegen. Sie cremt ihm den Rücken ein …
Hoffentlich ist er hier gleich fertig.
»Niklas«, Gesa sieht flehend hinter ihrem Bildschirm hervor.
Oh, nein!, denkt er.
Die Chefin und ihr PC – ein Paar wie Feuer und Wasser.
»Was ist mit Lasse?«, fragt er.
»Er darf nicht. Die Informationen sind zu brisant. Die Geheimhaltungsstufe für den Datenschutz lässt den Einblick durch einen Polizeischüler nicht zu.«
»Na gut, dann rück mal bitte beiseite!«

Gesa springt sofort von ihrem Drehstuhl auf.

Niklas beginnt auf der Tastatur zu tippen, nach zwei Minuten lehnt er sich erleichtert zurück.

»Dein Zugang ist wiederhergestellt. Während die Updates im Hintergrund laufen, erzähle ich dir kurz, was Trude am Mittwochmorgen aufgefallen ist.«

Er erhebt sich von Gesas Platz.

»Bleib ruhig sitzen!«, bittet sie ihn. »Dann hast du meinen Bildschirm im Blick und kannst notfalls eingreifen … Ich bin ganz Ohr.«

Niklas berichtet Gesa von Trudes Beobachtungen an Frieses Fischverkaufswagen. Anschließend kramt er einen Zettel aus seiner Hosentasche hervor. Trude hat darauf die Namen der übrigen Kunden aus der Schlange aufgeschrieben.

»Hier, angeblich kennst du alle.«

Gesa überfliegt den am Rand stark vergilbten Notizzettel. Trude hatte das Blatt von ihrem Block abgerissen, der seit Jahren in der sonnigen Küche auf dem Fensterbrett liegt.

»Ja, stimmt, kenne ich«, bestätigt Gesa. »Zur Not kann ich die alle befragen. Aber erst einmal reicht mir Trudes Bericht. Die unbekannte Blondine, mit der das Opfer in Streit geraten war, ist tatsächlich eine neue Person auf der Liste unserer Verdächtigen.«

»Du glaubst also nicht, dass der Urlauber aus dem Schwarzwald der Täter ist?«

»Die Beweise sprechen gegen ihn. Nicht nur die, auch die Indizien. Für den Haftrichter hat es ausgereicht, um Joachim Steinert in Untersuchungshaft zu nehmen. Aber irgendetwas stimmt da nicht …«

»Ich finde auch, dass alles zu offensichtlich auf den

Rentner hinweist«, meint Niklas. Gesa hatte ihm von dem Spaten im Schuppen des Ehepaares erzählt. »Würde er das Tatwerkzeug denn bei sich in der Ferienwohnung behalten? So blöd ist doch keiner.«

Gesa stimmt Niklas zu: »Zumal Niels immer noch nach der Todesursache forscht. Der Schlag mit dem Spaten war nicht tödlich. Piet Schöller ist an einer Atemlähmung gestorben, hat aber keinen Sand in der Lunge.«

»Verzwickte Sache«, meint Niklas. »Bei dem Steinert ist mir allerdings das Motiv zu dünn. Wie sieht es mit den Frauen aus, denen der schmierige Fotograf wohl zu nahe getreten ist? Du hast mir vorhin vor dem Blumengeschäft davon berichtet.«

»Ja, deshalb überprüfen wir jetzt zusätzlich alle Damen aus seiner Vergangenheit, mit denen er nachweislich Ärger hatte. Womöglich gehört die Blondine, die Trude beobachtet hat, auch dazu. Aber Herr Steinert muss ebenfalls etwas mit dem Tod von Piet Schöller zu tun haben. Ich weiß echt nicht, wo wir anfangen sollen!«, stöhnt Gesa und stützt ihren Kopf auf die Hände.

»Wahrscheinlich ganz von vorn«, rät Niklas ihr. »Meinst du wirklich, ihr schafft das allein? Ich helfe sonst sofort. Swantje wird es verstehen …«, behauptet er und schaut auf die Zeitanzeige an Gesas Bildschirm.

Gesa nickt. »Ich weiß.« Sie sieht Niklas prüfend an.

»Ich kann meinen Urlaub abbrechen«, versichert er.

Seine Augen sagen etwas anderes.

Mensch, ist der verknallt.

»Ist schon gut, Niklas«, beruhigt sie ihn. »Stefan und

Lisa haben sich sehr gut in den Fall eingearbeitet und ich sorge dafür, dass Lasse ausschließlich uns zur Verfügung steht.«

Gesa haut mit ihrer kleinen Faust auf den Tisch: »Das werde ich dem Iversen heute noch unmissverständlich klarmachen!«

In diesem Moment ertönt ein zarter Gong.

»Deine Updates sind durch, Gesa!«, ruft Niklas erfreut.

»Na, dann, hau schon ab!«, lacht sie. »Alles andere schaffe ich allein.«

25. Kapitel

»Langsam und leise bitte, Kinder! Das ist eine Gedenkstätte!«, mahnt Volker Roloff, als seine Klasse lärmend den schmalen Holzsteg zum Eingang des U-Boots hinaufstürmt.

Kopfschüttelnd hält er einen Moment inne.

Das Museumsboot U-995 am Strand von Laboe flößt ihm Respekt ein.

Wie es da mit seinen knapp siebzig Metern Länge glänzend in der Sonne liegt …

Volker muss daran denken, dass die Torpedos Menschen im Krieg den Tod gebracht haben. Ihm ist wichtig, dass seine Schüler das imposante U-Boot nicht als überdimensionales, nostalgisches Kriegsspielzeug betrachten, sondern als ein Mahnmal dafür, friedlich miteinander zu leben.

Frau Meise und er hatten heute Vormittag extra eine

Stunde Geschichtsunterricht im Speiseraum des Naturfreundehauses erteilt, um die Schüler vorzubereiten.

Doch die Kinder waren nur halbwegs bei der Sache. Dass Sven und Mirko einen Toten ausgegraben haben, überschattet nach wie vor die sorgsam geplante Klassenreise. Die beiden haben den anderen von einem aufgeplatzten Schädel und blutigen Haaren berichtet.

Wie sollen wir da an ein friedliches Miteinander appellieren, hat seine Kollegin zu ihm gesagt, wenn die Schüler hautnah miterleben, dass in einem beschaulichen Urlaubsort höchstwahrscheinlich jemand ermordet wurde?

Volker sieht auf seine Uhr.

Noch zwei Stunden, dann fährt der Bus, der die Gruppe zuvor aus ihrer Herberge in Kalifornien abgeholt hat, weiter nach Bielefeld.

Der Fahrer wartet mit dem Reisebus auf dem Parkplatz am Marine-Ehrenmal, das sich ganz in der Nähe befindet. Das Gepäck der Kinder ist bereits im Bus verstaut.

Volker Roloff läuft zügig den Steg zum U-Boot hinauf. Die heutige Besichtigung ist zum Glück der letzte Ausflug der Reise, denn er ist erschöpft und zutiefst beunruhigt.

Wie soll es nur weitergehen?

Aber zuerst die Kinder. Für die muss ich stark sein.

Er liebt seinen Beruf.

Geduldig erklärt Volker Roloff den interessierten Schülern das Innenleben des U-Bootes. Er verweist auf die beklemmende Enge und die grauenhaften Lebensbedingungen der Matrosen. Neugierig schauen Sven und Mirko durch eine Luke, welche ihnen einen Einblick in die Kapitänskajüte des U-Boots gewährt.

Während die anderen mit ihren Lehrern weiter in den Maschinenraum laufen, bleiben die beiden Freunde zurück.

Sie sehen sich an.

Wir probieren es einfach.

»Betreten verboten, stand draußen dran«, sagt Sven reumütig, nachdem sie in die Kajüte hineingeklettert sind.

»Merkt doch keiner, du Schisser!«, ärgert ihn Mirko. Er spielt mit einer Karte und einem Kompass, die auf dem winzig kleinen Tisch liegen.

Plötzlich hören die Jungen die Stimme ihres Lehrers.

»Sven? Mirko? Wo seid ihr?« Die beiden merken, dass Herr Roloff näherkommt. Sie flüchten in eine Koje und verstecken sich schnell unter einer Filzdecke.

Ahnungslos läuft ihr Lehrer an der offenen Türluke vorbei.

»Wir müssen hier sofort wieder raus«, flüstert Sven.

»Ja, los jetzt!« Mirko krabbelt als Erster unter der Decke hervor.

Doch vor der Luke steht inzwischen ein Mann. Sein Hinterkopf füllt fast die gesamte Öffnung.

Sven erkennt den Rand einer Baseballkappe.

Das ist nicht Herr Roloff.

Er legt den Finger über den Mund und schiebt Mirko zurück.

Erstaunt hören die beiden, wie der Mann mit ihrem Lehrer spricht.

Seine Stimme klingt böse und bedrohlich.

Leider können sie nicht genau verstehen, was er sagt. Aber Herr Roloff scheint eingeschüchtert. »Lassen Sie mich in Ruhe«, stammelt er.

Zitternd kauern sich die Jungen in einer Ecke aneinander.

Wären wir nur unter der Decke geblieben, denkt Sven und presst sich dicht an seinen Freund.

Mirko muss auf einmal niesen.

Erschrocken hält ihm Sven die Hand vor den Mund. Aber vergeblich.

Der Mann erschrickt und dreht sich um.

Er schaut in die Kapitänskajüte hinein. Sein Blick schweift in die linke Ecke, geradewegs in die Augen der verängstigten Kinder.

26. Kapitel

Lisa klopft laut an der Zimmertür zum Büro von Hauptkommissarin Bähr.

»Jaahaa!«, ruft Gesa genervt.

Sie ist damit beschäftigt, den vorläufigen Bericht zum Fall Piet Schöller an ihren Vorgesetzten Zimmermann in Kiel zu verfassen.

Gesa hasst den Papierkram.

»Ein Notruf, Chefin!«, berichtet Lisa. Sie atmet hastig, ihre blonden langen Haare haben sich aus dem Haargummi gelöst. »Zwei Kinder sind verschwunden.«

»Oha! Am Wasser?«, fragt Gesa, denn es ist das Naheliegendste. Die Badegäste sind leider oft zu unvorsichtig. Vor allem Kinder geraten bei einem Wellengang wie heute schnell in Gefahr.

»Nein. Die beiden Schüler werden seit einem Ausflug zum U-Boot vermisst. Es wäre aber möglich, dass sie heimlich ans Wasser gegangen sind.«

»Schei… Sind DLRG und Wasserschutzpolizei informiert worden?«

»Ja, das hat der Lehrer als Erstes getan, denn, und jetzt halten Sie sich fest, Chefin: Es handelt sich um dieselben Jungen, die Piet Schöller in den Dünen ausgegraben haben.«

»Nein!«, Gesa springt von ihrem Stuhl auf und greift zu ihrer Tasche. »Das kann doch kein Zufall sein! Wir müssen da sofort hin.«

»Finde ich auch«, meint Lisa und bindet sich ihren Pferdeschwanz in Windeseile wieder neu, während sie der Hauptkommissarin über den Flur zum Großraumbüro folgt.

»Iversen und seine Mannschaft sind schon los!«, ruft Stefan den beiden Frauen entgegen.

»Soll ich die Hundestaffel aus Kiel anfordern?«, fragt er.

Gesa überlegt. »Das kann dauern«, antwortet sie, »aber wir müssen es in Erwägung ziehen. Wurde das U-Boot denn gründlich durchsucht?«

Stefan zuckt mit den Achseln.

»Der Lehrer Volker Roloff behauptet es jedenfalls. Die Verantwortliche vom Marine-Ehrenmal ist auch schon vor Ort gewesen, hat er mir am Telefon erzählt.«

Lisa nickt. »Aber die Dame verkauft nur die Tickets«, gibt sie zu bedenken. »Wer weiß, ob sie jeden Winkel genau kennt. Der eigentliche Museumsführer für unser U-995 ist krankgeschrieben. Der Lehrer hat die Führung für seine Klasse deshalb selbst durchgeführt.«

»Wir machen uns jetzt sofort auf den Weg«, entscheidet Gesa. »Lisa, Stefan, Sie kommen beide mit!«

»Zu Fuß oder mit dem Opel?«, erkundigt sich Lisa.

»Fragt sich nur, was schneller ist«, spottet Stefan und fängt sich einen wütenden Blick seiner Chefin ein.

»Wir haben keine Zeit zu verlieren, also nehmen wir meinen Wagen«, sagt sie. Dann schaut sie zu dem Polizeischüler Lasse am Empfangstresen. »Egal, was kommt, Sie halten hier weiter die Stellung!«

»Alles klar, Frau Hauptkommissarin.«

27. Kapitel

»Moin, Herr Roloff! Leider sehen wir uns schon wieder«, begrüßt Gesa den kreidebleichen Klassenlehrer. Er hat am Eingang zum U-Boot auf die Kriminalpolizei gewartet.

Stefan stürmt sofort in das U-Boot zu den Beamten der Schutzpolizei hinein.

Er kennt hier jeden Winkel.

Jede versteckte Luke.

»Wo sind denn Ihre anderen Schüler?«, will Lisa wissen.

»Meine Kollegin, Frau Meise, ist mit dem Rest der

Klasse nach Hause gefahren«, antwortet Volker Roloff. »Der Bus war bestellt und hat bereits auf dem Parkplatz am Ehrenmal gewartet. Die Kinder haben außerdem genügend Aufregung mit dem Toten in den Dünen erlebt.«

»Es ist verständlich, dass Sie die Abreise nicht gefährden wollten«, meint Gesa, »aber nun können wir die anderen Schüler und Ihre Kollegin nicht befragen, was der Sache wenig dienlich ist.«

Volker senkt schuldbewusst den Kopf.

»Das ist mir durchaus klar«, sagt er. »Aber ich trage die Verantwortung für meine Klasse. Die Eltern stehen heute Abend auf dem Schulhof und wollen ihre Kinder in Empfang nehmen.«

Gesa widerspricht ihm. »Und ich trage die Verantwortung dafür, dass in meinem Revier verloren gegangene Kinder schnellstmöglich unversehrt wieder auftauchen!«, entgegnet sie bissig. »Sie hätten das wenigstens mit uns abstimmen können.«

Lisa hat den Lehrer während Gesas Predigt genau beobachtet.

Der arme Kerl ist doch ganz durcheinander.

»Waren Sie mit Ihrer Klasse allein auf dem U-Boot?«, fragt sie ihn. »Dort ist es ja sehr beengt.«

»Ja, waren wir. Ich hatte eine Dreiviertelstunde Führung nur für uns gebucht. Der Mann, der uns das U-Boot erklären sollte, ist leider erkrankt. Da ich mich aber schon vorher mit der Geschichte des Museumsbootes beschäftigt habe, konnte ich den Schülern dann selbst alles zeigen.«

Verlegen tritt Volker Roloff von einem Fuß auf den anderen. »So gut es mir möglich war, natürlich«, sagt er bescheiden. »Leider hatte ich dadurch die Kinder weniger im Blick. Was ein unverzeihlicher Fehler war.«

»Wann haben Sie Mirko und Sven während des Rundgangs das letzte Mal gesehen?«, will Gesa von ihm wissen.

Der Lehrer schweigt.

»Herr Roloff!«

»Ja. Entschuldigung. Die beiden hatten sich schon im Laufe meiner Führung ein Stück zurückfallen lassen. Mirko und Sven sind immer ein wenig abenteuerlustiger als die anderen. Ich hatte noch nach ihnen gerufen …«

»Und?«, bohrt Gesa nach.

»Mich dann aber, zu meiner Schande, nicht mehr weiter gekümmert. Ich dachte, die Jungen kommen nach. Sie sind dreizehn Jahre alt, keine drei. Als sich am Ende der Besichtigung alle Schüler vor dem Ausgang versammelt hatten und Frau Meise und ich durchgezählt haben, fehlten Mirko und Sven. Meine Kollegin ist draußen geblieben und ich bin mit drei sehr zuverlässigen Schülern sofort wieder rein, um die beiden zu suchen«, versichert Herr Roloff. Er wischt sich den Schweiß von der Stirn.

»Leider ohne Ergebnis, wie Sie wissen. Ich kann mir nicht erklären, wo die beiden abgeblieben sind. Keines der anderen Kinder hat einen der Jungen an sich vorbeilaufen sehen. Bei dieser Enge wäre es doch aufgefallen, wenn die beiden das U-Boot verlassen hätten.«

»Haben Sie inzwischen deren Eltern informiert oder sollen wir das tun?«, unterbricht Lisa den Lehrer.

»Ich musste natürlich bei Mirko und Sven zu Hause anrufen. Es war so schrecklich, glauben Sie mir. Die Eltern der beiden Jungen haben sich sofort ins Auto gesetzt und sind auf dem Weg hierher. Ich hoffe sehr, dass sie ihre Kinder nachher in die Arme schließen können …«, stammelt Volker Roloff.

»Das hoffen wir ebenfalls«, meint Gesa, »und in den allermeisten Fällen tauchen vermisste Personen in den ersten vierundzwanzig Stunden wieder auf«, versucht sie den Lehrer zu beruhigen. Sie schaut in Richtung der Strandpromenade.

Das ist doch …

Polizeimeister Iversen verlässt diese gerade und stapft in Begleitung seines Schäferhundes durch den Sand, direkt auf das U-Boot zu. Er hat Harro kurzerhand aus dem Büro seiner Frau abgeholt.

Ehe die aus Kiel hier sind …

Iversen krault seinem Liebling den Rücken. »Da findest du die beiden Ausreißer. Nicht wahr, mein Guter?«

»Wo habt ihr die Gepäckstücke der verschwundenen Kinder hingebracht?«, ruft er Gesa zu.

Sie dreht sich einmal im Kreis.

Volker Roloff wird gleich noch blasser, als er es ohnehin schon ist.

»Die sind im Bus«, gibt er kleinlaut zu. »Ich habe vergessen, sie vor der Abfahrt herauszuholen. Es ging alles so schnell. Ich musste doch vor Ort bleiben, während meine Kollegin mit der restlichen Klasse zum Bus gegangen ist.«

»Tja, das ist blöd gelaufen«, sagt Iversen traurig. »Der Harro muss ja Witterung aufnehmen können …

Sonst …«

Gesa stöhnt laut auf.

»Heiliger Klabautermann!«, schimpft sie, »warum läuft denn hier alles schief? Verdammt!«

»Es ist meine Schuld«, jammert der Lehrer verzweifelt und bricht in Tränen aus.

Gesa nimmt ihn am Arm beiseite. »Herr Roloff, sammeln Sie sich, bitte! Sie müssen jetzt Ruhe bewahren und sich an alle Details erinnern. Meine Kollegin, Kriminalobermeisterin Rückert, wird Ihnen gleich weitere Fragen stellen. Setzen Sie sich mit ihr auf die Bank dort drüben«, sagt sie und holt ein Traubenzuckerbonbon aus ihrer Tasche. »Bitte! Nehmen Sie den! Bevor Sie mir aus den Latschen kippen. Wir brauchen Sie noch, Herr Roloff.«

28. Kapitel

»Ich könnte hier bis zum Sonnenuntergang sitzen bleiben«, seufzt Niklas und schaut in das postkartentaugliche Abendrot am Himmel.

Dass er sein Leben einmal so genießen kann.

Die Sonne gleicht heute einem Feuerball, der in der Ostsee versinkt.

Vor Freude bekommt er eine Gänsehaut.

»Es ist so schön mit dir«, schwärmt er und streichelt Swantje zärtlich über den Rücken.

Sie lehnt sich fröstelnd an ihn: »Der Wind frischt auf und mir ist ein wenig kalt geworden.« Sie zieht sich ihr Handtuch enger um die Schultern. »Ich müsste mir endlich etwas Trockenes anziehen.«

»Von mir aus musst du dir gar nichts anziehen«, flüstert Niklas ihr ins Ohr und küsst sie danach innig.

Swantje löst sich aus seiner Umarmung und lächelt ihn an: »Der FKK-Strand ist aber hundert Meter weiter.«

Niklas winkt ab. »Da sind mir zu viele Leute«, meint er. »Ich genieße die Einsamkeit an diesem Strandabschnitt, auch wenn das Ufer hier etwas steiniger ist.«

»Du hast vollkommen recht. Hier ist es wunderschön«, schwärmt Swantje. »Wenn man vorsichtig über die Steine läuft und genau hinsieht, entdeckt man auch einen freien Weg zum Wasser.«

»Ja«, bestätigt Niklas ihr und drückt sie noch fester an sich, »eigene Wege sind schwerer zu finden, aber am Ende führen sie dich genau dahin, wo du möchtest, und nicht an ein vorbestimmtes Ziel.«

Swantje schaut ihn verliebt an. »Du bist ja ein richtiger Philosoph«, sagt sie, »das wird meinem ältesten Bruder gefallen. Er hat mal drei Semester Philosophie studiert.«

»Warum nur drei?«, will Niklas wissen.

»Torben hat sich dem Willen unseres Vaters gefügt und ist zurück auf den Hof. Vielleicht war die Großstadt Hamburg auch nichts für ihn. So genau weiß ich es nicht.«

»Erzähl mir mehr über deine Familie«, bittet Niklas. »Wenn ich am Sonntag mit deinen Eltern und Brüdern am Kaffeetisch sitze, will ich nicht völlig unvorbereitet sein.«

»Viel gibt's da nicht zu berichten. Meine Eltern betreiben Landwirtschaft in dritter Generation. Für sie stand außer Frage, dass wir vier Geschwister den Betrieb einmal weiterführen werden.«

»Du hast aber Jura studiert und bist Anwältin geworden.«

»Ja, ich habe als Einzige von meinen Geschwistern mit unserer Bestimmung gebrochen. Glaub mir, es war nicht leicht und nur, weil ich ein Mädchen bin, hat mein Vater es halbwegs akzeptiert. Außerdem hat sich meine Mutter für mich eingesetzt. Ohne ihre Unterstützung hätte ich es nicht geschafft. Sie ist eine stille Frau, aber wenn es darauf ankommt, kann sie sehr stark sein.«

Niklas runzelt nachdenklich die Stirn.

Irgendwie verspürt er noch weniger Lust auf den Besuch.

Swantje bemerkt seine Zurückhaltung.

»Mach dir keine Sorgen«, tröstet sie ihn. »Du wirst von alldem nichts mitbekommen. Meine Eltern sind sehr gastfreundlich. Unser Vater kann geradezu witzig sein, wenn er will, und meine Brüder haben sich inzwischen mit ihm und der Landwirtschaft gut arrangiert. Jeder hat seine Aufgabe gefunden. Torben kümmert sich um die Feldwirtschaft und Jörn um die Mutterkuhherde. Mein jüngster Bruder Sören ist technisch sehr begabt. Er wartet die Fahrzeuge und Maschinen und arbeitet überall ein wenig mit. Für ihn war es ein Segen, dass die Familie ihn aufgefangen hat, als es ihm so schlecht ging. Ich weiß nicht, wie er den Verlust sonst verkraftet hätte.«

»Was ist denn passiert?«

»Ach, das war eine fürchterliche Tragödie. Ich möchte an einem so schönen Abend nicht darüber reden.«

Niklas umarmt Swantje. »Das verstehe ich doch.«

»Zumal es mich nicht betrifft«, entschuldigt sie sich, »und ich nicht weiß, ob Sören möchte, dass du schon jetzt etwas so Persönliches über ihn erfährst.«

»Ich finde deine Einstellung super«, bestätigt Niklas Swantjes Meinung.

Diese Frau hat Stil.

Sie ist keine Plaudertasche.

Was bin ich doch für ein Glückspilz!

Swantjes Handy brummt in ihrer Handtasche. Sie sieht flüchtig nach und drückt den Anruf weg.

Niklas schaut sie fragend an.

Ihm fällt auf, dass Swantje wieder diesen ängstlichen Blick hat. So wie heute Vormittag, am Hafen, als sie ihm völlig abgehetzt entgegengerannt war.

Warum sie sich zum Mittagessen mit Trude verspätet hat, weiß Niklas immer noch nicht. Er wollte ihr zu dem Zeitpunkt keine Vorwürfe machen und hat später nicht mehr nachgefragt.

»Ist bei dir wirklich alles in Ordnung, Swantje?«, erkundigt er sie deshalb und sieht ihr tief in die Augen.

»Ja, ja, das ist es«, antwortet sie hastig. »Ich bin sehr glücklich mit dir.«

Niklas ist irritiert. »Das war nicht meine Frage«, sagt er leise.

»Stimmt«, gibt Swantje zu. »Eine alte Geschichte … Ich möchte nicht darüber reden.«

»Mhm. Vielleicht könnte ich dir helfen.«

Swantje schüttelt mit dem Kopf, dann umarmt sie Niklas.

»Hat nicht jeder von uns eine Vergangenheit? Es hat wirklich nichts mit dir zu tun«, flüstert sie ihm ins

Ohr. »Lass uns nach Hause gehen und unsere Zeit zu zweit genießen.«

Niklas gibt sich geschlagen.

Ja, er hat selbst eine Geschichte.

Vergangen, aber nicht vergessen.

Samstag

29. Kapitel

»Vossi, du bist unser Held!«, ruft Lasse, als Stefan am Samstagmorgen durch die Tür kommt.

Er hält ihm einen Schokoladenkuchen entgegen, in dessen Mitte er eine Superman-Spielfigur platziert hat.

»Ist selbstgebacken«, prahlt er. »Von meiner Mutter«, gibt der Polizeischüler grinsend zu, »um uns das arbeitsreiche Wochenende ein wenig zu versüßen, hat sie gesagt. Aber die Figur, die habe ich draufgestellt.«

»Danke, danke!« Kriminalmeister Voß nimmt Lasses Glückwunsch strahlend entgegen.

»Sind die Bähr und Lisa schon an Bord?«, fragt er.

»Ja, sie sitzen bei der Hauptkommissarin im Büro«, antwortet Lasse. »Ach nee, da kommen sie beide über den Flur gelaufen.«

»Hallo, Stefan«, ruft Lisa und umarmt ihren Kollegen.

Gesa schüttelt ihm kräftig die Hand: »Moin, moin, mein Lieber! Sie haben letzte Nacht bestimmt besonders gut geschlafen … nach Ihrem großen Erfolg …«

Sie klopft Stefan anerkennend auf die Schulter. »Woher haben Sie nur von dem Geheimgang auf dem U-Boot gewusst?«, will sie sofort wissen.

Kriminalmeister Voß schaut sie spitzbübisch an.

»Erfahrungen aus der eigenen Jugendzeit, die nicht im Lebenslauf für eine Bewerbung bei der Polizei stehen«, antwortet er und grinst. »Ich sag immer: Wer nicht angelt, der fängt halt nix.«

Stefan erinnerte sich bei der Suche nach den verschwundenen Schülern an einen verborgenen Hohlraum, den er früher selbst mit einem Freund heimlich ausgekundschaftet hat. Zum Glück reichte den beiden Ausreißern, die sich genau dort versteckt hielten, die Luft gerade so aus. Die Klappe für den Rückweg in die Kapitänskajüte hatte sich verklemmt. Es war am Ende Rettung in höchster Not.

»Was wollten die beiden denn überhaupt in der Kajüte?«, fragt Lasse. Er war ja im Büro geblieben und hat bisher nur Bruchstücke von der Suche nach den Kindern erfahren.

»Na das, was alle Jungen in dem Alter tun!«, lacht Stefan. »Herumstöbern, etwas auskundschaften …«

»Sven und Mirko haben nicht viel gesagt, nachdem Stefan sie befreit hat«, erklärt Gesa dem Polizeischüler. »Deren größte Sorge galt dem Lehrer und ihre erste Frage war seltsamerweise, wie es dem geht.«

Lasse reißt die Augen auf. »Echt jetzt? Dann muss der Pauker schwer in Ordnung sein. Ich hatte mit meinem nicht so viel Glück.«

»Er war auch sehr erleichtert, als wir die verschwitzten Jungen zu ihm gebracht haben«, erinnert sich Gesa.

»Und die Eltern erst!«, meint Lisa fröhlich. »Ich fand es fair, dass sie Herrn Roloff keine Vorwürfe gemacht haben. Svens Mutter hat ihm sogar angeboten, ihn im Auto mit nach Bielefeld zu nehmen.«

Gesa nimmt den Kuchen vom Tresen und begutachtet die Superman-Figur.

Den könnten wir gut gebrauchen.

Der Mord an dem Fotografen Schöller ist noch nicht aufgeklärt.

»Der Lehrer hat abgelehnt«, sagt sie, »er wollte übers Wochenende spontan an der Küste bleiben, um sich von der Aufregung zu erholen.«

»Ohne sein Gepäck?«, wundert sich Lisa. »Sein Rucksack war doch in dem Bus geblieben, genau wie das der vermissten Jungen … Demnach müssten seine Sachen inzwischen in Bielefeld sein.«

Gesa zuckt nur mit den Schultern. »Stimmt. Aber das kann uns egal sein. Vielleicht wollte er nicht mit den Eltern mitfahren, um keine unbequemen Fragen beantworten zu müssen.«

»Ein richtiger Kerl pennt schon mal in denselben Klamotten«, wirft Stefan ein. »Früher, beim Zelten, haben wir die auch nicht jeden Tag gewechselt.«

Gesa spricht lieber nicht aus, was sie gerade denkt.

Lisa lacht ihren Kollegen an. »Das kenn ich«, sagt sie. »Als ich mit acht Jahren von meiner ersten Klassenreise zurückgekommen bin, hat Mama mich nicht wiedererkannt, so verdreckt war ich … Wir sind nicht weit weggefahren und haben auf einem Bauernhof in der Probstei übernachtet«, erzählt sie weiter. »Es war herrlich und ich wollte meiner Mama die Arbeit mit der Wäsche sparen. Die hat vielleicht Augen gemacht, als ich ihr drei Tage später den Inhalt meines Koffers präsentiert habe. Die Kleidung lag noch genauso darin, wie sie die Sachen eingepackt hatte: sauber, ordentlich und vor allem ungetragen.«

Gesa schmunzelt.

Siehe da, unsere Lisa.

Aber genug geplaudert.

»So, mal alle herhören! Lasse auch, bitte!«, ruft sie durch das Großraumbüro. Der Polizeischüler ist hinter dem Kopierer verschwunden, um den Papierstau zu beheben. Sofort taucht sein leuchtend roter Haarschopf wieder auf.

»Wir treffen uns in zwei Stunden zur Teambesprechung und dann gibt's auch was von dem leckeren Kuchen!«, verspricht Gesa. »Vorher möchte ich aber die Ergebnisse Ihrer Recherchen im Fall Piet Schöller hören, Stefan und Lisa. Ich werde mir jetzt in aller Ruhe den Obduktionsbericht zu Gemüte führen und Ihnen später eine Zusammenfassung geben.«

Sie greift nach dem Kuchenteller auf dem Empfangstresen.

»Den nehme ich so lange mit.«

Stefan protestiert.

»Erst die Arbeit …«, sagt Hauptkommissarin Bähr und verschwindet damit in ihrem Büro.

30. Kapitel

»Deine Mutter ist wirklich eine ausgezeichnete Kuchenbäckerin«, lobt Stefan und wischt sich die Schokoladenkrümel vom Mund.

Lasse legt ihm ein drittes Stück auf den Teller. »Sie nimmt echte Bitterschokolade für den Guss und keine billige Kuvertüre«, erzählt er dabei.

»Sehr schön, Lasse«, unterbricht Gesa den Polizeischüler, »aber mir genügen brauchbare Rechercheergebnisse und am besten echte Beweise in unserem Mordfall«, ermahnt sie ihr Team. »Obwohl wir den Kuchen doch schon angeschnitten haben, wird bitte weitergeredet, sobald einer oder eine den Mund frei hat. Abgemacht?«

Lisa greift nach ihrer Klarsichtfolie. »Ich bin fertig«, sagt sie, »war lecker, aber ein Stück genügt mir so kurz vor dem Mittag.« Die sportliche Kriminalobermeisterin achtet sehr auf eine gesunde Ernährung. Sie zieht jetzt zwei Farbausdrucke aus ihrer Folie: »Meine Suche in den sozialen Medien hat ergeben, dass die prominente Häkelcathy seit Dienstag dieser Woche auf Mallorca weilt. Sie verbringt dort ihren Urlaub und hat natürlich Posts auf ihrem Insta-Account hochgeladen.«

»Dann kann sie ja am Mittwoch gar nicht bei der Anmeldung zum Meerjungfrauen-Kostümwettbewerb gewesen sein!«, prustet Lasse über den Tisch.

Ein paar Kuchenkrümel landen auf Gesas Schreibmappe.

»Sorry, Frau Hauptkommissarin.«

Gesa verzieht keine Miene. »Das haben Sie haarscharf erkannt, Lasse«, sagt sie betont ruhig.

Was für ein Kindergarten ist das denn heute?

Ob es am Wochenende liegt oder an der Hitze?

»Dann muss sich jemand als Häkelcathy verkleidet haben«, behauptet Lasse, der stolz darauf ist, in die

Besprechung eingebunden zu sein. Nun möchte er auch mitreden.

»Moment«, unterbricht Lisa ihn. »Fakt ist, dass eine Frau bei der Anmeldung zum Wettbewerb ihr Äußeres mit einer Sonnenbrille und Tüchern verhüllt hat. Iversens Nichte glaubt, die Frau sei Häkelcathy gewesen. Wenke hat sie trotz der Maskerade erkannt.«

»Dann hat sich die Frau nicht gut genug verkleidet«, vermutet Lasse.

»Aber es war doch gar nicht die häkelnde Cathy!«, beteiligt sich nun auch Stefan an der Diskussion. Lisa ist kurz davor, die Geduld zu verlieren. Sie möchte endlich ihre Schlussfolgerung darstellen.

Lasse soll den Mund halten.

Er bringt alles durcheinander.

»Stopp!«, ruft Gesa. »Habt ihr noch alle Maschen auf der Häkelnadel?« Vor Ärger duzt sie ihr Team. »Ich verstehe kein Wort bei dem Durcheinander.«

Mir fehlt der Lux.

Der ist so schön sortiert.

»Lisa, erklären Sie uns noch einmal alles in Ruhe«, bittet sie die Kriminalobermeisterin.

Als Stefan sich ein viertes Stück Schokoladenkuchen nehmen möchte, schiebt Gesa den Kuchenteller resolut beiseite. »So, Lisa, nun kann's losgehen!«, sagt sie freundlich.

»Die von Wenke beschriebene Person, die sich unter dem Namen Sophia Herrmann angemeldet hat, ist der Häkelcathy in Körperbau und Statur äußerst ähnlich. Beide Frauen sind ca. 1,80 m groß und haben künstliche Brüste. Die prominente Cathy setzt gern überdimensionale Sonnenbrillen auf und versteckt ihr

Haar häufig unter bunten Tüchern, wie ich auf zahlreichen Bildern im Internet erkannt habe.«

»Nun habe ich es verstanden«, Gesa nickt Lisa erleichtert zu, »die falsche Sophia Hermann hat sich also extra als Häkelcathy verkleidet. Vielleicht um den Fotografen zu verarschen oder der echten Cathy eins auszuwischen?«

Gesa haut mit ihrer zarten Faust auf den Tisch, dass die Kaffeetassen nur so wackeln. »Es nützt alles nichts, Leute! Wir müssen die Kopie der Häkelcathy ausfindig machen! Leider können wir uns keine stricken oder häkeln.«

Stefan grinst.

Die Bähr hat ihren Humor wieder.

Heute Morgen schien sie etwas angespannt.

Vielleicht wegen des Docs.

Gestern Abend hat sie doch noch mit ihm telefoniert, erinnert sich Stefan.

Gesa stößt ihn an: »Kriminalmeister Voß, träumen Sie später weiter! Jetzt berichten Sie bitte, was es Neues über die temperamentvolle Blondine gibt, mit der unser Opfer am Mittwochmorgen in eine Auseinandersetzung geraten war.«

Stefan steht vom Besprechungstisch auf und geht zu seinem Platz.

»Sorry, ich habe die Seiten auf meinem Schreibtisch liegengelassen.«

Gesa rollt mit den Augen.

Es waren zwei Stunden Zeit für die Vorbereitung.

»Hier sieht man die Dame ganz deutlich«, erklärt Stefan den anderen und zeigt auf eines der ausgedruckten Bilder, »ein Kunde hat die streitsüchtige

Frau mit seinem Handy fotografiert. Er stand, genau wie Trude Hansen, vor Fischer Frieses Verkaufswagen und hat alles beobachtet.

»Gibt es schon eine Spur zu ihr?«, will Lisa wissen.

»Iversen und seine Leute laufen draußen mit dem Foto von der Frau durch die Gegend. Bisher leider ohne Erfolg.«

»Gestern Nachmittag haben die nichts unternommen«, gibt Gesa zu bedenken, »alle waren mit der Suche nach den Kindern beschäftigt.«

Stefan nickt. »Ich habe schon überlegt, die Dame zur Fahndung auszuschreiben.«

»Ja, das tun wir ab jetzt«, beschließt Gesa. »Wir dürfen uns nicht mit dem Rentner Steinert als Hauptverdächtigem zufriedengeben. Ewig können wir den nicht in U-Haft sitzen lassen. Der Haftrichter wird Beweise fordern, für oder gegen ihn.«

»Wissen wir denn schon, warum Herr Steinert einen Black-out hatte?«, fragt Stefan. »Konnte Dr. von Isenberg etwas in seinem Blut oder dem Erbrochenen nachweisen?«

»Dazu komme ich, wenn ich über die Obduktionsergebnisse berichte«, vertröstet Gesa den Kriminalmeister.

Sie schaut in die Runde.

»Wenn Sie alle nichts Neues mehr auf dem Zettel haben, würde ich gleich damit beginnen.«

Gesa zieht den Kuchenteller wieder in die Tischmitte zurück.

»Langen Sie zu! Ist schließlich Wochenende.«

Dann breitet sie den Obduktionsbericht vor sich aus.

»Wer möchte, kann später in Ruhe noch mal nachlesen. Ich habe mir die Mühe gemacht, die wesentlichen Erkenntnisse unseres Doktors in eine allgemein verständliche Version zu übersetzen.«

Gespannt schauen Lisa, Lasse und Stefan auf ihre Chefin. Keiner hat sich ein weiteres Stück Kuchen genommen.

Endlich sind wir im Arbeitsmodus, denkt Gesa.

»Piet Schöller ist an der Überdosis eines Medikaments, eines sogenannten Muskelrelaxans, gestorben«, verkündet sie als Erstes. »Infolgedessen trat eine Atemlähmung bei ihm auf. Er ist erstickt.«

Gesa sieht kurz von ihrem Blatt hoch. »Die medizinischen Details erspare ich uns jetzt«, sagt sie und verfolgt ihre Stichpunkte weiter. »Dr. von Isenberg hat zwei Einstichstellen, eine am Arm und eine am Hals des Toten entdeckt. Daraufhin hat er nach Betäubungsmitteln und Giften gesucht. Alles negativ. Aber er wäre ja nicht unser Doc, und hier muss ich ihn ausdrücklich loben, wenn er nicht um die Ecke denken würde. Das handelsübliche, verschreibungspflichtige Medikament zur Muskelerschlaffung ermöglicht scheinbar den perfekten Mord, denn es ist schon nach wenigen Minuten im Körper nicht mehr nachweisbar.«

»Oh!«, ruft Lasse verwundert aus.

»Ja, so ist es leider«, bestätigt Gesa, »aber die Abbauprodukte des Muskelrelaxans, die lassen sich in Spuren auch weiterhin finden. Natürlich nur, wenn man gezielt danach sucht! Zum regulären Toxscreen gehören diese Untersuchungen nämlich nicht dazu.«

»Der Doc ist ein Genie!«, meint Stefan.

»Aber wirklich«, sagt Lisa anerkennend.

»Das nun nicht«, beschwichtigt Gesa die Euphorie im Team, »aber Dr. von Isenberg zieht stets das Unmögliche mit in Erwägung. Wir sollten das ebenfalls tun und unsere Erkenntnisse alle noch einmal auf den Prüfstand stellen.«

»Ich würde gleich damit anfangen«, meint Stefan und hebt kurz die Hand. »Sie sprachen von zwei Einstichstellen, Chefin, eine davon am Arm. Joachim Steinert hat doch ausgesagt, dass sich der Fotograf hinter dem Toilettenhäuschen plötzlich an den Arm griff und dann zusammensackte. Womöglich sagt der Urlauber die Wahrheit und Piet Schöller wurde zu dem Zeitpunkt betäubt.«

»Sehr gut kombiniert, Stefan«, lobt Gesa. »Ich bin völlig bei Ihnen, dass Herr Steinert uns nicht in jedem Fall belogen hat. Aber er hat Lücken in seiner Erinnerung und verschweigt uns etwas.«

»Wurden denn bei ihm Betäubungsmittel nachgewiesen?«

»Im Blut nicht, dafür war es zu spät. Aber in dem Erbrochenen, was wir unter der Hollywoodschaukel sichergestellt haben, hat das Labor K.-o.-Tropfen nachweisen können.«

»Ja, dann ist der Mann unschuldig!«, ruft Stefan.

»Schon vergessen?«, wirft Lisa ein. »Seine Fingerabdrücke sind an dem blutigen Spaten und das Blut ist vom Opfer.«

»Den Spaten kann er bereits vorher angefasst haben«, verteidigt Stefan seine Meinung.

Gesa schüttelt den Kopf. »Er und seine Frau haben

verneint, zuvor irgendetwas aus dem Schuppen benutzt zu haben. Was sagt denn der Vermieter der Ferienwohnung, Stefan?«, fragt sie nach. »Sie wollten doch überprüfen, ob der Spaten schon immer dort stand.«

»Ja, stimmt. Ich habe mich erkundigt, aber weder die Verwaltung noch der Besitzer wissen es genau. Das mussten sie leider zugeben.«

»Na, prima!« Gesa greift jetzt ebenfalls nach dem Kuchen. »Wir wissen also, dass wir nichts wissen«, murmelt sie mit vollem Mund. Sie schaut auf ihre Armbanduhr.

Niels von Isenberg hat sie nach Kiel in eine Bar eingeladen. Er will das Missverständnis wegen Lorena klären.

»Für heute hören wir auf und morgen bleiben wir zu Hause. Wir hocken nicht noch am Sonntag in dem aufgeheizten Büro«, erklärt Gesa zur Freude ihres Teams. »Wir halten uns aber bitte alle in Bereitschaft. Stefan, Sie bringen vorher noch die Fahndung nach der Blondine auf den Weg. Außerdem wird Lasse die Phantomzeichnung von der falschen Häkelcathy kopieren und an uns und die Kollegen der Schutzpolizei weitergeben. Alle müssen am Wochenende die Augen offenhalten und herumfragen.«

»Ich finde, die Zeichnung aus Kiel ist sehr präzise«, meint Lisa, »Wenke Iversen hat eine gute Beobachtungsgabe.«

Gesa nickt.

Einer Polizistennichte liegt das in den Genen.

Dann steht sie vom Tisch auf und streckt sich.

»So, Endspurt und nichts wie raus hier! Trotz der

Bereitschaft wünsche ich allen ein schönes Wochenende.«

31. Kapitel

Niels von Isenberg drängelt sich mit zwei Cocktails zwischen den schummrig beleuchteten Tischen hindurch.

»Bitte schön, dein Caipi mit extra viel Minze!«, sagt er leise, als er Gesa ihr Glas überreicht. Dann lässt er sich erleichtert in den roten Plüschsessel plumpsen.

»Gleich geht's los!«, flüstert Gesa. Sie freut sich, dass Niels einen Barabend mit Programm geplant hat. Das lockert die angespannte Atmosphäre zwischen ihnen auf.

Vielleicht war die Sache mit Lorena tatsächlich ganz harmlos.

Niels behauptet es jedenfalls.

Aber woran bitte schön soll sie denn denken, wenn er vor Lorena hockt, mit dem Kopf zwischen ihren Schenkeln …

Die Musik erklingt, ein Tusch und noch einer und schon springt ein Conférencier im schwarzen Smoking auf die kleine Bühne und begrüßt alle mit einem zweideutigen Witz.

Haha!

Das fängt ja »gut« an.

Gesa zieht gelangweilt an ihrem Strohhalm.

Na, wenigstens schmeckt der Cocktail.

Niels legt ihr den Arm über die nackte Schulter.

»Du siehst zauberhaft aus, Gesa«, haucht er ihr ins Ohr.

Sie hat das Kleid gewählt, was sie vor knapp einem Jahr an ihrem ersten gemeinsamen Abend trug.

Ein gutes Zeichen.

Niels geht gleich in die Vollen. »Du übernachtest doch nachher bei mir?«, fragt er mutig, während sich vorn auf der Bühne ein spärlich bekleidetes Pärchen gegenseitig Ringe um den Hals wirft.

Gesa sieht ihn erstaunt an.

Taxi war abgemacht.

»Ich weiß, du wolltest dir ein Taxi nach Hause nehmen. Aber warum das Geld rauswerfen? Ich fahre dich morgen nach Hause …«

»Eins nach dem anderen, Niels. Zuerst musst du mir einiges erklären!«, zischt Gesa.

»Darf ich das endlich?« Niels schmachtet Gesa mit seinen bernsteinfarbenen Augen an.

»Ja, sofort«, flüstert sie. »Ich will die Wahrheit und nichts als die Wahrheit, sonst lege ich dir auf der Stelle Handschellen an.«

Niels lacht leise auf. »Nichts lieber als das«, sagt er und grinst. Seine Hand wandert in den Rückenausschnitt ihres Kleides.

Gesa beißt sich vor Ärger auf die Zunge.

War ja klar, dass bei ihm das Kopfkino angeht.

Träum weiter, mein Lieber.

»Ich habe an der Innenseite von Lorenas Oberschenkel einen Leberfleck untersucht, mit der Lupe«, erklärt Niels ihr jetzt wahrheitsgemäß.

Vor Schreck verschluckt sich Gesa an ihrem Getränk und muss laut husten.

Das ist wirklich die schamloseste Lüge, die sie je gehört hat.

»Ich glaube dir kein Wort«, sagt sie zu Niels.

Er senkt traurig den Kopf. »Das habe ich befürchtet. Aber ich schwöre, dass es genauso gewesen ist. Lorena brauche ich wohl nicht als Zeugin zu benennen.«

»Nein, danke«, antwortet Gesa schnippisch.

Und wenn Niels die Wahrheit sagt?

Sie muss in einer Beziehung vertrauen, hat ihre Freundin Karin ihr am Telefon geraten. Karin hat ihr auch vorgeschlagen, dass Niels wenigstens erklären darf, wie es zu der Szene mit Lorena gekommen ist. Nun hat sie ihre Erklärung.

So ein verrückter Blödsinn.

Ich muss Karin fragen, was sie davon hält.

Würde sie diese Geschichte glauben?

Die anderen Besucher klatschen.

Gesa stößt Niels in die Seite. Die beiden klatschen nun auch, obwohl sie die Akrobatiknummer mit den Ringen komplett verpasst haben.

Der schmierige Conférencier betritt erneut das Podest neben dem Piano. Er dankt dem Barpianisten Fred und fordert einen kräftigen Applaus.

Das freundliche Barpublikum tut ihm den Gefallen.

Gesa applaudiert extra stark. Der Klavierspieler war ihr gar nicht weiter aufgefallen.

Sie hat die ganze Zeit über mit Niels geredet.

Wie unhöflich gegenüber den Künstlern.

»Wir sollten jetzt mal dem Programm folgen«, sagt sie zu Niels.

Er nickt. So kann er in Ruhe überlegen, womit er Gesa doch noch von seiner Unschuld überzeugen könnte.

»Meine Damen und Herren«, krächzt es aus dem

Lautsprecher an der Säule neben dem Tisch der beiden, »wir haben keine Kosten und Mühe gescheut, einiges an Prominenz aufzufahren. Aber sehen Sie selbst, wer uns heute die Ehre erweist. Ich sage nur: Wer ihre Videos nicht kennt, der hat die Kontrolle über sein Leben verloren … Haha! So ähnlich heißt es doch, oder? Na, jedenfalls geht es um Fashion. Bitte schön!«

Gesa stöhnt leise. Dann kann sie einen verwunderten Ausruf

gerade noch so unterdrücken.

Die Dame, die da über die Bühne stolziert und ganz passabel »Für mich soll's rote Rosen regnen« singt, sieht aus wie die Häkelcathy aus dem Internet.

In Gesas Kopf rattert es unaufhörlich. Sie zieht den Rohrzucker aus ihrem Cocktail stückchenweise den Strohhalm hinauf, um ihr Gehirn anzukurbeln.

Die echte Cathy ist im Urlaub auf Mallorca.

Ist das etwa ihr Double?

Gesa stößt Niels an.

»Ich glaube, ich kenne die Frau auf der Bühne«, flüstert sie ihm zu.

»Das ist eine Travestieshow«, antwortet Niels, »die Frau heißt Steven und ist ein Mann, Gesa. Ich habe den Künstler auch schon in Lübeck auftreten sehen.«

»Ach, echt?«

»Ja, warum nicht? Neuerdings parodiert er aber die YouTube-Sternchen aus dem Internet. Die kenne ich alle nicht. Früher hat er mir besser gefallen. Na, wenigstens singt er noch die alten Lieder.«

»Ich muss den Mann sofort sprechen. Er ist ein wichtiger Zeuge in unserem Mordfall«, flüstert Gesa aufgeregt, »kannst du ein Treffen arrangieren?«

»Na, du hast Ideen! Ich kenne ihn doch nicht persönlich. Aber wenn du dich nachher als Fan ausgibst und nach einem Autogramm fragst, kommst du vielleicht mit Steven ins Gespräch.«

»Das dauert mir zu lange. Weißt du, wo die Kabinen für die Künstler sind?«

»Nein, woher denn?«

Gesa steht auf. »Ich verschwinde mal auf die Toilette und schaue mich um. So groß ist der Laden ja nicht.«

Niels hält Gesa am Arm fest.

»Aber sei vorsichtig. Soll ich nicht lieber mitkommen?«

»Das ist viel zu auffällig.«

»Garderobe« steht in verschnörkelten Buchstaben auf dem Messingschild an der Tür.

Da hatte sie doch die richtige Vermutung.

Gesa hatte gewartet, bis die Musik im Saal verstummt ist, und war dann weiter durch eine Zwischentür gelaufen. Den Hinweis »Zugang nur für Personal« hat sie dabei einfach ignoriert.

Schließlich ist es dienstlich.

Sie klopft.

»Ja! Wer ist denn da?«, hört sie eine angenehm warme Stimme fragen.

Gesa öffnet die Tür.

Vor ihr sitzt der Gesuchte und wischt sich gerade die Schminke aus dem Gesicht.

»Guten Abend!«, sagt sie freundlich. »Entschuldigen

Sie bitte, dass ich einfach so hereinplatze. Ich bin Hauptkommissarin Bähr von der Kriminalpolizei Laboe.«

Der Mann steht sofort auf.

»Bleiben Sie ruhig sitzen. Ich habe nur eine Frage …«

Weiter kommt Gesa nicht.

Ehe sie sich's versieht, schubst Steven sie grob beiseite. Gesa fällt in einen Ständer mit Perücken.

Als sie sich wieder vom Boden aufrappelt, ist er bereits über alle Berge.

Scheiß Anfängerfehler.

Sie weiß, dass eine Verfolgung auf ihren Stöckelschuhen zwecklos ist.

Warum bin ich so überhastet vorgegangen?

Noch dazu allein.

Sonntag

32. Kapitel

»Was machst du hier, so früh am Morgen? Es wird ja gerade erst hell«, murmelt Suse schlaftrunken, als ihr Freund Steven in ihr kleines Zelt stürmt.

Er küsst sie flüchtig und beginnt sofort damit, ihre Sachen in einen Beutel zu stopfen.

»Wir müssen auf der Stelle verschwinden!«, flüstert er.

Suse reibt sich verwundert die Augen, kriecht dann aber aus ihrem Schlafsack hervor.

»Wie denn?«, fragt sie.

»Ich bin mit dem Moped hier.«

»Und mein Zelt?«

»Tut mir leid. Das muss hier stehen bleiben. Es war doch sowieso nicht mehr wasserdicht.«

»Aber …!«

Steven wirft ihr ihre Jacke und einen Pullover zu.

»Kein Aber. Zieh dich warm an, es ist frisch draußen!«, sagt er.

Suse mault. »Was ist denn überhaupt passiert, dass wir so plötzlich losmüssen?«, will sie wissen.

»Nach meinem Auftritt gestern Abend hat mich eine Kriminalkommissarin in der Kabine aufgesucht.«

Suse hält sich erschrocken die Hand vor den Mund. »Was wollte die denn?«, stammelt sie.

»Weiß ich nicht. Ich bin in Panik geraten und sofort getürmt.«

Wortlos packt Suse den Rest ihrer Habseligkeiten zusammen.

Sie weint.

»Steven«, schluchzt sie. »Wie soll das alles enden? Wie siehst du überhaupt aus? Wo warst du denn die ganze Nacht?«

Ihr Freund klopft sich den Sand von der Hose. »Erzähl ich dir später«, verspricht er. »Beeil dich jetzt bitte.«

33. Kapitel

»Es ist traumhaft hier!«, schwärmt Niklas. »Geradezu paradiesisch, diese Ruhe.« Hand in Hand schlendert er mit Swantje über eine Wiese. Auf der saftigen

Weide nebenan dösen die Kühe einer Mutterkuhherde mit ihren Kälbchen friedlich in der Sonne.

Swantje lässt sich mit einem Juchzer in das hohe Gras fallen und zieht Niklas mit sich. Die beiden küssen sich und balgen sich anschließend wie kleine Kinder.

Später pflückt Swantje ein paar Kornblumen vom Wegrand und beginnt einen Kranz daraus zu flechten.

»Das haben wir früher immer getan. Wir Kinder waren eine richtig eingeschworene Clique in unserem Dorf in der Probstei.«

»Ich beneide dich darum«, sagt Niklas traurig. »Meine Zwillingsschwester Frieda und ich haben die meiste Zeit in Internaten verbracht. Unsere Eltern waren im diplomatischen Dienst tätig und oft im Ausland unterwegs.«

»Das war bestimmt auch sehr spannend.«

»Na, wie man's nimmt. Auf jeden Fall hat es mich für mein Leben geprägt.«

Nachdenklich schaut Niklas über die Felder zu dem Gehöft von Swantjes Eltern.

»Nun nicht Trübsal blasen«, muntert Swantje ihn auf. »Wir müssen jetzt zurücklaufen, um drei gibt's Kaffee und Kuchen.«

»Ich habe richtigen Hunger und freue mich darauf«, meint Niklas. »Die Begrüßung habe ich ja zum Glück schon hinter mir.«

»Siehst du!«, sagt Swantje. »Es war doch eine gute Idee, rechtzeitig herzufahren.«

»Deine Eltern sind wirklich sehr aufgeschlossen. Jetzt bin ich aber auf deine Brüder gespannt.«

»Kannst du dich denn an irgendetwas erinnern, was

ich dir über sie erzählt habe?«, fragt Swantje verschmitzt.

»Also, Sören ist zwei Jahre jünger als du, nämlich sechsunddreißig und euer Technicus auf dem Hof. Jörn ist dreiundvierzig und das Oberhaupt dieser reizenden Mutterkuhherde, die du mir gerade gezeigt hast. Der Älteste, Torben, zählt fünfundvierzig Lenze, genau wie ich, und ist euer Ackerbauprofi, obwohl er mal Philosophie studiert hat.«

»Donnerwetter!« Swantje reißt vor Staunen ihre großen Augen auf. »Das war eine perfekte Zusammenfassung, Herr Kommissar.«

Niklas lacht und droht ihr mit dem Finger. »Nix, Kommissar. Ich habe Urlaub.«

Während sie den Feldweg zurück zum Hof laufen, fragt Niklas Swantje weiter aus.

»Wer wird denn alles zum Kaffeebesuch erscheinen? Haben deine Brüder eigene Familien?«

»Na, diesbezüglich haben wir Hussmanns Nachholbedarf. Mama ist schon ganz traurig. Sie wünscht sich, endlich das erste Enkelkind durch die Wiesen zu schieben.«

»Also ist keiner verheiratet«, meint Niklas, »ich bin es ja auch nicht.«

»Na, ein Glück!«, sagt Swantje und küsst ihn. »Die meisten Vernünftigen sind in deinem Alter nicht mehr zu haben«, neckt sie Niklas.

»Wahrscheinlich wollte mich bisher keine behalten«, sagt er ehrlich.

Er denkt an seinen vergangenen Job als Privatdetektiv und verdeckter Ermittler für das BKA.

Keine Frau hat das lange mitgemacht.

Aber jetzt ist er Kommissar an der Küste und arbeitet in einem festen Team.

Ob er hier wohl endlich ankommt?

Vielleicht sogar mit Swantje?

Sie kitzelt ihn mit einem Grashalm. »Träumst du?«, fragt sie und hakt ihn unter.

Hoffentlich nicht, denkt Niklas.

Es ist alles gerade schön, wie es ist.

34. Kapitel

Niklas tupft sich den Mund mit der Serviette ab. »Ihre Friesentorte war einmalig lecker!«, lobt er die Backkünste von Swantjes Mutter. Sie lächelt bescheiden. »Das Pflaumenmus für die Füllung habe ich selbst gekocht. Die Pflaumen sind aus eigener Ernte aus unserem Garten.«

Sie steht auf und beginnt, den Tisch abzuräumen.

»Warten Sie«, sagt Niklas. »Ich helfe Ihnen gern.«

»Danke, das ist sehr freundlich. Entschuldigen Sie, Niklas, dass mein Mann mit den Kindern in sein Arbeitszimmer verschwunden ist. Es sollte nicht unhöflich erscheinen, aber Swantje besucht uns eher selten und es gibt immer wieder Papierkram, den alle unterschreiben müssen. Ihr Vater ist da sehr penibel. Wir haben unser Ackerland und die Weiden zum Teil verpachtet. Die Verträge müssen verlängert und die neuen Auflagen für den Umweltschutz ergänzt werden. Swantje ist ja unsere Juristin. Die Männer benötigen ihren Rat.«

»Ach, das verstehe ich vollkommen«, meint Niklas

und stellt die Kaffeetassen ineinander.

Er ist ehrlicherweise sogar froh, dass endlich etwas Ruhe eingekehrt ist. Das freundliche Geplauder von Swantjes Mutter ist geradezu Balsam für seine gestressten Ohren.

Zuvor, am Tisch, wurde ständig wild und laut durcheinandergeredet. Fast wäre es zum Streit gekommen.

Sören, Swantjes jüngster Bruder, hat seit einer Woche eine neue Freundin und war sauer, dass er sie heute nicht mitbringen durfte. Er ist wohl ein richtiger Casanova, wie Niklas herausgehört hat.

Nachdem sich die Aufregung um Sörens Liebschaften gelegt hat, begann Jörn mit seinem Vater über die Anschaffung von zwei neuen Melkmaschinen zu diskutieren. Sie wurden sich nicht einig. Am Ende hat Jörn gedroht, endgültig zu seiner Freundin nach Laboe zu ziehen und nur noch zur Arbeit auf dem Hof zu erscheinen. In seiner eigenen Familie wird er alles anders machen.

Das Thema Familiengründung scheint bei den Hussmanns gerade ein Dauerthema zu sein. Den ältesten Sohn, Torben, hatte der Vater tatsächlich ohne dessen Wissen bei der Fernsehkuppelshow »Landwirt sucht Herzblatt« angemeldet. Torben erhielt bergeweise Post von Bewerberinnen und muss sich diesen nun erklären. Swantje hatte es Niklas auf dem Flur zugeflüstert, als er sie gefragt hat, warum Torben den Vater ignoriert und kein Wort mit ihm spricht. Aber das hält nicht lange vor, die kriegen sich wieder ein, hat Swantje ihm versichert.

Keine Bilderbuchfamilie, denkt Niklas schmunzelnd, aber eine aus dem echten Leben.

Spannend und einzigartig.

35. Kapitel

»Die silbernen Kuchengabeln wasche ich natürlich mit der Hand ab«, sagt Swantjes Mutter zu Niklas und lässt Wasser in das Abwaschbecken hinein. Sie hat sich inzwischen eine geblümte Küchenschürze über ihr Kleid gezogen.

»Das sind Erbstücke von meiner Großmutter«, erklärt sie Niklas, der gerade dabei ist, die Teller in die Spülmaschine einzusortieren.

Der junge Mann stellt sich sehr geschickt an.

Er hat länger allein gelebt, sagt Swantje.

»Sie könnten mir anschließend helfen, sie zu polieren«, bittet sie. »Natürlich!« Niklas strahlt die Mutter an. »Wo liegen die Tücher?«

Im Silberbesteck polieren bin ich Profi.

Als Untermieter von Trude Hansen habe ich monatelang Erfahrung gesammelt.

»Im linken Schubfach vom Geschirrschrank müssten Sie eine neue Packung Poliertücher vorfinden«, antwortet Frau Hussmann nach einem Blick auf das zerschlissene Tuch am Haken über der Spüle.

Damit blamiert sie sich ja.

Niklas klappt die Spülmaschine zu und drückt den Programmknopf. »Fertig!«, ruft er fröhlich.

Dann geht er zu dem reichlich mit Schnitzereien verzierten Bauernschrank und zieht mit etwas viel

Schwung an dem Schubfach. Die proppenvolle Schublade rutscht aus der Führungsschiene und kippt zur Seite, sodass der Inhalt auf die Terrakottafliesen flattert.

»Oh, Verzeihung, das tut mir leid«, entschuldigt sich Niklas.

»Du liebe Güte!« Swantjes Mutter eilt herbei. »Das war das falsche Schubfach. Das ist kaputt! Habe ich links gesagt? Ich meinte rechts.«

Sie beginnt, die vielen Kassenzettel, Kinderzeichnungen und Fotos vom Boden aufzusammeln.

»Lassen Sie nur, ich mach das schon«, sagt Niklas und hockt sich neben sie.

»Ach, was waren das noch für Zeiten«, seufzt Frau Hussmann, als sie ein verblichenes Farbfoto in ihrer Hand hält.

»Die Fotos und Zeichnungen hatte ich früher alle mit Magneten an unseren Kühlschrank gepinnt. Nachdem der seinen Geist aufgab, habe ich den neuen nicht mehr damit dekoriert. Außerdem wollte Sören es nicht, wegen der Erinnerung. Der Anblick dieses Fotos hat ihn besonders geschmerzt.«

Niklas schaut jetzt genauer hin.

Die Aufnahme zeigt eine Gruppe junger Leute, Arm in Arm am Strand.

Frau Hussmann tippt mit ihrem Finger darauf: »Das hier in der Mitte ist Sören, links von ihm seine Freundin Tessa und rechts von ihm sein bester Freund Hendrik.« Dann hält sie kurz inne.

»Beide leben nicht mehr. Sie sind auf der Insel Fuerteventura ertrunken. Ist Jahre her. Zuerst dachte ich, Sören wird seinen Schmerz und die Trauer darüber nie überwinden. Vielleicht wechselt er deshalb so oft seine Freundinnen, weil keine dem Vergleich mit Tessa standhält …«

»Das tut mir sehr leid«, sagt Niklas leise.

Swantjes Mutter spürt seine Betroffenheit.

»Na, an einem so schönen Tag wie heute wollen wir uns nicht mit den traurigen Geschichten aufhalten«, meint sie. »Sehen Sie mal! Ganz am Rand auf dem Foto steht Swantje mit ihrem damaligen Freund. Sie ist kaum zu erkennen. Sie hatte damals so eine Phase …«, Frau Hussmann lächelt sanft, »da hat sie sich die Haare pechschwarz gefärbt und trug nur schwarze Kleidung.«

Niklas stockt der Atem.

Es stimmt, Swantje ist kaum wiederzuerkennen, aber ihr damaliger Freund schon.

Das ist der Mann, der um mein Haus geschlichen ist und behauptet hat, den Drachen seines Sohnes zu suchen.

36. Kapitel

Ich muss diese Gedanken aus meinem Kopf bekommen.

Niklas steht am Waschbecken seines Badezimmers und hält das Gesicht unter den voll aufgedrehten Kaltwasserhahn.

Warum hat Swantje so wenig Vertrauen zu mir?

Ihr Ex-Freund stalkt sie und sie lügt mich an.

Auf dem Nachhauseweg hat er Swantje von dem Foto aus der Küchenschublade erzählt und was ihre Mutter ihm darüber verraten hat.

Doch Swantje blockte seine Fragen ab, wollte partout nicht darüber reden. Später erkläre ich dir alles, hat sie Niklas vertröstet und gesagt, dass es zu früh wäre, ihn da hineinzuziehen.

Niklas wollte ihr gerade widersprechen, da erreichte ihn ein Anruf seiner Chefin.

Schon wieder ist ein Toter in den Dünen gefunden worden.

Wieder in der Nähe des Campingplatzes.

Gesa benötigt jetzt doch dringend seine Unterstützung.

Er muss seinen Urlaub abbrechen.

Swantje hat ihn zu Hause, in Kalifornien abgesetzt und ist weiter in ihre Wohnung nach Kiel gefahren. Ihr Abschied war verhalten …

Niklas schüttelt seine nassen Haare vor dem Spiegel.

Dicke Wassertropfen spritzen dagegen und laufen in Bahnen herunter.

Hastig wischt er mit dem Händehandtuch über das Glas.

Bei dieser Frau fehlt mir gerade der Durchblick.

Egal.

Ich habe jetzt einen Fall zu lösen.

37. Kapitel

Als Niklas am frühen Abend über die Absperrung am Strandweg klettert, erkennt er schon von Weitem die Kriminaltechniker in ihren weißen Anzügen.

Ein paar Meter weiter lugt der hellblonde, raspelkurze Haarschopf des Doktors aus dem Strandhafer hervor.

Dann ist der fertig oder eben angekommen.

Ohne die Kopfbedeckung seines Schutzoveralls führt er keine Leichenschau durch.

Jetzt entdeckt Niklas die Hauptkommissarin in einer Senke. Sie rudert wild mit den Armen.

»Hier sind wir!«, ruft sie und geht ihm die letzten Schritte durch den tiefen, weißen Sand entgegen.

»Moin, Niklas! Danke, dass du gleich hergekommen bist. Es tut mir wirklich leid wegen deines Urlaubs …«

»Ach«, sagt er und winkt lässig ab, »der wurde gerade anstrengend.«

Gesa schaut ihn an.

Ups! Frisch verliebt sieht anders aus.

»Darf ich …«

»Nein«, antwortet Niklas härter als beabsichtigt.

»Mensch!«, Gesa stupst ihm in den Bauch.

Oha, feste Muskeln.

»Du weißt doch gar nicht, was ich sagen wollte. Darf ich dich kurz auf den neuesten Stand bringen, wollte ich fragen! Bevor du dich zu den Kollegen ins Getümmel wirfst … Wir haben einen Moment Zeit, der Doc beginnt erst mit seiner Arbeit.«

»Weiß man denn schon, wer der Tote ist?«

Gesa sieht betreten auf ihre Schuhspitzen.

»Du wirst es nicht glauben, Niklas, wir haben ihn alle sofort wiedererkannt. Es handelt sich bei unserem Opfer um den Lehrer Volker Roloff.«

»Ist nicht wahr! Um den, dessen Schüler den ersten Leichnam ausgegraben haben?«

»Ja, genau um den. Und was du ebenfalls nicht

weißt, die beiden Jungen haben wir erst am Freitag verzweifelt gesucht. Sie hatten sich auf dem Museums-U-Boot in einem Geheimgang selbst eingesperrt.«

»Äh? Ich verstehe nur Bahnhof. Warum habt ihr mich nicht zu Hilfe geholt?«

»Die Kinder wurden dank der guten U-Boot-Kenntnisse unseres Kriminalmeisters Voß schnell gefunden. Die Eltern haben sie mit dem Auto abgeholt, da der Reisebus mit ihrer Klasse und einer Lehrerin bereits zurück nach Bielefeld gefahren war. Der Roloff ist während der Suche bei uns geblieben. Selbst als die Kinder wieder da waren, wollte er nicht mit ihnen nach Hause fahren, sondern das Wochenende an der Ostsee verbringen. Um sich von der Aufregung zu erholen, hat er gesagt.«

»Mhm. Daraus ist ja wohl nichts geworden«, meint Niklas, »glaubst du, es besteht ein Zusammenhang zwischen dem ermordeten Piet Schöller und dem toten Lehrer? Immerhin ist der Auffindeort fast identisch.«

»Nicht nur der. Die Position der Toten, die Beschaffenheit des Lochs, in dem sie verbuddelt wurden, alles gleich. Aber der Roloff hat augenscheinlich keine Platzwunde am Kopf. Da er sich nicht selbst eingegraben hat, gehe ich auch bei ihm von einem gewaltsamen Tod, am ehesten von Mord aus.«

Niklas schaut Gesa nachdenklich an.

»Nur dass dein Hauptverdächtiger, dieser Rentner aus dem Schwarzwald, es diesmal nicht gewesen sein kann«, sagt er. »Oder hat man Joachim Steinert schon aus der U-Haft entlassen?«

»Nein. Was ein Glück für ihn ist. Er verfügt somit über das beste Alibi der Welt.«

»Dann müssen wir ihn laufen lassen.«

Gesa widerspricht: »Nur unter Auflagen! Nach wie vor ist seine Tatbeteiligung mysteriös. Wir wissen aber, dass man ihn mit K.-o.-Tropfen betäubt hat.«

»Was ihn wiederum entlastet«, sagt Niklas.

Inzwischen sind er und Gesa an der ausgebreiteten Plane, auf der Dr. von Isenberg das Opfer untersucht, angekommen. Als er die beiden wahrnimmt, schaut er kurz hoch und drückt dann die Stopptaste auf seinem Diktiergerät.

»Eines kann ich euch schon jetzt verraten«, erklärt er mit voller Überzeugung und zeigt auf den Oberarm und den Hals des Opfers, »der arme Kerl hat auch zwei Einstichstellen. Ich fresse mein Skalpell, wenn der nicht mit dem gleichen Muskelrelaxans getötet wurde wie der Fotograf.«

Gesa stöhnt auf: »Ein Serienmörder hat mir gerade noch gefehlt.«

Der Roloff trägt dieselben Sachen wie am Freitag.

»Wie lange ist er schon tot, Niels?«, fragt sie.

»Vermutlich mindestens 36 Stunden. Die Totenflecken lassen sich nicht mehr vollständig wegdrücken.«

»Wer hat den Toten eigentlich gefunden?«, will Niklas wissen.

»Dieses Mal war es unser Polizeimeister Iversen mit seinem Hund Harro«, antwortet Gesa, »wir haben ja alle Bereitschaft wegen der Fahndung nach zwei weiteren Verdächtigen im ersten Mordfall und Iversen ist deshalb das Gelände am Campingplatz abgelaufen. Außerdem musste er einer Beschwerde nachgehen.

Angeblich würde dort rotweißes Flatterband umherfliegen und die Gegend verunstalten, hat der Platzwart herumposaunt. Die Kripo Laboe würde den Strand verschandeln, hat er behauptet.«

»Lass mich raten, der Mann kann dich nicht leiden«, vermutet Niklas.

»Alte Geschichte«, meint Gesa, »nicht der Rede wert.«

»Okay, von alten Geschichten habe ich heute genug.«

Die neuen sind nicht weniger kompliziert.

Welche zwei Verdächtigen?

Nach wem wird gefahndet?

Niklas bekommt Schweißperlen auf der Stirn, obwohl der Wind von der See her empfindlich auffrischt.

Mein Name ist Lux und ich weiß von nichts.

Nichts über meine neue Freundin.

Nichts über den neuen Fall.

Er muss sich schleunigst in die Materie einarbeiten.

Gesa kann in seinem verkniffenen Gesicht lesen wie in einem offenen Buch. »Ich briefe dich gleich genauer«, beruhigt sie ihn. »Du musst dir nicht erst alle Akten selbst reinziehen.«

Niklas sieht seine Chefin dankbar an.

»Ich bin ganz Ohr.«

»Na, dann komm! Lass mal Niels und die Kollegen von der Spurensicherung ihre Arbeit erledigen. Wir laufen vor zum Wasser. Dort denkt es sich leichter.«

Montag

38. Kapitel

»Die Nacht war kurz, der Tag wird umso länger!« Mit diesen Worten eröffnet Gesa ihre Teambesprechung an dem heutigen, frühen Montagmorgen.

Sie schaut etwas skeptisch in die Runde.

Die Augen vom Lux sind nur halb so groß wie sonst.

Stefan hat seine noch gar nicht offen.

»Haben wir doppelt Kaffee gekocht?«, fragt sie als Erstes. Lisa nickt und zeigt auf die zwei Thermoskannen auf dem Tisch. »Lasse war so freundlich.«

Oje, hoffentlich ist der stark genug.

»Prima, dann kann's ja losgehen. Wer möchte anfangen?«

Stefan räuspert sich.

»Gut«, sagt sie. »Beginnen Sie, Stefan! Womöglich schlafen Sie mir sonst gleich wieder ein.«

Kriminalmeister Voß gähnt zur Bestätigung. »Lisa und ich haben ja gestern Abend bis spät in die Nacht wegen des toten Lehrers recherchiert«, berichtet er. »Vor allem die Suche nach seinem Reisegepäck war eine richtige Schnitzeljagd.«

»Genau«, bestätigt Lisa, »zu guter Letzt haben die Beamten in Bielefeld seinen Rucksack bei der Lehrerin Meise abgeholt und den Inhalt für uns fotografiert.«

»Unter seinen persönlichen Sachen ist uns ein unbeschrifteter, brauner DIN-A5-Umschlag aufgefallen«, sagt Stefan und hält ein Foto hoch. »Der Umschlag wurde mal mit extra Tesafilm verklebt und ist inzwischen geöffnet worden. Hier sieht man noch die Reste vom Klebestreifen. Warum der Lehrer ihn leer in seinem Rucksack aufbewahrt hat, können wir nur vermuten.«

Niklas Lux ahnt, weshalb sein Kollege den Umschlag erwähnt.

»Sehen Sie Parallelen zu dem Fall Piet Schöller?«, fragt er Stefan. »Ist es wegen des braunen Umschlags, den die Blondine dem Fotografen vor Zeugen um die Ohren gehauen hat?«

»Richtig!«, brummt Stefan.

Der schlaue Lux hat sich schon wieder in die Details eingearbeitet.

Niklas relativiert sein Wissen.

»Die Chefin war so frei, mich gestern am Strand ausgiebig zu informieren«, erklärt er, »und Schöllers Streit mit der unbekannten Blondine hatte mir Trude Hansen in allen Einzelheiten geschildert.«

Stefan lacht. »Alles klar!«

»Haben Sie oder Lisa denn schon Kontakt mit der Familie des Herrn Roloff aufgenommen?«, will Gesa von ihm wissen.

»Das ist kompliziert«, beantwortet Lisa die Frage sogleich. »Der Lehrer war Junggeselle. In Bielefeld lebte und arbeitete er erst seit einem Jahr. Wir werden heute in der Schule anrufen, um mehr zu erfahren. Ich habe schon eine E-Mail an die Direktorin geschrieben.«

Gesa denkt kurz nach.

»Dann kümmern Sie sich auch weiterhin um das persönliche und berufliche Umfeld unseres neuen

Opfers, Lisa«, bittet sie, »Sie haben ja bereits über den Fotografen recherchiert und können uns somit am besten Überschneidungen aus dem Leben der beiden Opfer präsentieren. Und seien sie noch so klein! Jeder Hinweis zählt, Lisa!«

»Ich kümmere mich als Nächstes um Joachim Steinert«, informiert Gesa ihr Team, »dieses Mal scheidet er als Täter aus. Aber solange sein Erinnerungsvermögen derartig große Lücken aufweist, ist er im ersten Fall nicht entlastet.«

»Er könnte zumindest ein Komplize sein«, wirft der Polizeischüler Lasse ein. Er ist jetzt voll in die Ermittlungen eingebunden.

»Genau, Lasse! Doch ob dieses Argument dem Haftrichter genügt, um den Steinert länger in der U-Haft zu behalten, bezweifle ich«, gibt Gesa zu.

Irritiert schaut sie zu Oberkommissar Lux herüber.

Hört der überhaupt zu?

Der krakelt unentwegt Kreise auf seinen Block.

»Es gibt doch inzwischen zwei weitere Verdächtige«, bemerkt Niklas plötzlich, »wie sieht es mit der Fahndung nach den beiden aus?«

Stefan zuckt hilflos mit den Achseln. »Ohne Erfolg. Von Steven Meyer liegen uns zwar Namen und Meldeadresse in Kiel vor, aber die Beamten haben ihn nicht angetroffen.«

»Könnten wir dort jemanden zur Beobachtung postieren?«, fragt Lasse nach. »Falls er mal zu Hause auftaucht, meine ich.«

»Leider nein«, erklärt ihm Gesa. »Der Mann wird vorerst als dringender Zeuge gesucht. Allein die Fahndung nach ihm bei Zimmermann in Kiel durchzusetzen, war schwierig genug.«

Stefan macht ein zerknirschtes Gesicht. »Wie wir den mit dem Bild der Häkelcathy finden sollen, ist mir ein Rätsel!«

»Wir haben ja jetzt sein Passbild vom Meldeamt«, widerspricht Lisa.

»Ach ja, stimmt, das gebe ich sofort mit in die Fahndung«, sagt Stefan, »aber der Typ verkleidet sich anscheinend ständig, was eine Personenbeschreibung schwierig macht. Bei der Suche nach der unbekannten blonden Frau mit den üppigen Brüsten sieht es nicht viel einfacher aus. Da müssen wir uns mit dem Handyschnappschuss eines Zeugen begnügen. Die Frau ist darauf aber zum Glück sehr deutlich zu erkennen.«

»Na, dann werden wir das auch schaffen«, ermuntert Niklas seinen Kollegen.

»Hoffentlich!«, stöhnt Stefan. »Iversen hat mit seinen Leuten überall herumgefragt. Von hier ist die bestimmt nicht. Die wäre aufgefallen.«

»Wurden denn alle Hotels, Pensionen, Ferienwohnungen usw. abgesucht?«, hakt Oberkommissar Lux nach.

»Nee, das dauert eben«, gesteht Stefan ein, »wir haben doch keine Hundertschaft zur Verfügung. Heute will sich Iversen den Campingplatz vornehmen.«

Plötzlich klingelt das Telefon.

Lasse stürmt von seinem Platz zu dem Apparat auf dem Empfangstresen.

»Kriminalpolizei Laboe«, japst er in den Hörer.

Gesa verdreht die Augen.

Wir stellen uns mit Namen und Dienstgrad vor, Lasse!

Lasse hält die Sprechmuschel zu.
»Die Schuldirektorin Dietrich aus Bielefeld«, erklärt er den anderen am Besprechungstisch.
»Du kannst das Gespräch pausieren, Lasse!«, lacht Lisa und steht auf.
Sie nimmt dem Polizeischüler den Hörer aus der Hand.
»Guten Morgen, Frau Dietrich! Sie sprechen mit Kriminalobermeisterin Rückert. Ich hatte Ihnen die E-Mail geschickt. Danke für Ihren Rückruf.«
»Das ist doch selbstverständlich. Wir sind alle zutiefst bestürzt über den Tod von Herrn Roloff. Die ganze Klassenreise war ein einziges Drama. Ich habe den Schulrat um Unterstützung gebeten. Unsere Schulpsychologin kann die Aufarbeitung nicht allein bewältigen …«
»Es tut uns aufrichtig leid«, unterbricht Lisa die aufgebrachte Frau, »wir geben wirklich unser Bestes, um den gewaltsamen Tod Ihres Lehrers so schnell wie möglich aufzuklären. Deshalb hatte ich Ihnen ein paar Fragen gemailt.«
»Die ich Ihnen gleich beantworten möchte, bevor mein Unterricht losgeht … Auch als Direktorin gebe ich eine gewisse Anzahl an Stunden und habe heute gleich die erste Stunde Mathematik, als Vertretung für Herrn Roloff.«
»Darf ich den Lautsprecher einschalten und Ihre Aussage mitschneiden?«, fragt Lisa höflich. »Das erleichtert unserem Team die Arbeit.«
»Kein Problem«, antwortet Frau Dietrich. »Fragen Sie!«
Lisa schaltet das Telefon um.

»Hatte Herr Roloff denn Probleme mit den Eltern oder mit jemandem aus Ihrem Kollegium?«, beginnt sie die Befragung.

»Im Gegenteil! Er war allseits beliebt, obwohl er erst seit einem guten Jahr bei uns ist.«

»Ich würde gern seine vorige Schule und Ansprechpartner erfahren«, bittet Lisa, »ist das möglich?«

»Maile ich Ihnen nachher gleich. Aber bevor Sie dort lange herumbohren, Herr Roloff wurde an seiner ehemaligen Schule schweren Anschuldigungen ausgesetzt. Ein dreizehnjähriger Schüler hat behauptet, er hätte ihn unsittlich berührt, als er ihm Nachhilfe erteilt hat.«

»Und?«, fragt Lisa sofort. »War an den Vorwürfen etwas dran?«

»Hätte er sonst die Stelle bei uns bekommen?«, ereifert sich Frau Dietrich. »Böse Verleumdungen waren das, weil er dem Jungen keine Drei auf dem Zeugnis gegeben hat. Der Schüler hat es selbst zugegeben. Herr Roloff wollte nach dem Stress verständlicherweise nicht mehr an dieser Schule bleiben.«

»Verstehe.«

»Er ist, nein, er war ein außerordentlich guter Pädagoge«, bekräftigt die Direktorin mit brüchiger Stimme.

Sie ist den Tränen nah.

Lisa fragt schnell weiter: »Gibt es sonst etwas Auffälliges, was wir wissen müssten?«

»Also, was seine Arbeit an meiner Schule anbelangt, nicht. Privat war er eher zurückhaltend. Wie gesagt, es war sein erstes Jahr bei uns …«

Es knackt und raschelt in der Leitung.

»Frau Dietrich?«

»Entschuldigung, ich packe schon einmal meine Vorbereitungen zusammen, obwohl ich die eigentlich gleich auf meinem Schreibtisch liegen lassen kann. Das ist alles so unfassbar schrecklich. Wie soll ich das nur seinen Schülern erklären?«

»Das tut mir sehr leid«, meint Lisa, »leicht wird es bestimmt nicht. Ich drücke Ihnen die Daumen. Für uns wäre es das dann, vielen Dank, Frau Dietrich. Wir können das Gespräch beenden.«

»Ich hoffe, dass ich helfen konnte. Auf Wiedersehen«, antwortet die Direktorin und legt auf.

39. Kapitel

Carlo Friedrichsen schreckt aus seinem Schaukelstuhl hoch. Er musste plötzlich kräftig niesen. Warme Sonnenstrahlen, die durch das Küchenfenster scheinen, haben ihn wachgekitzelt.

War er tatsächlich eingeschlafen?

Carlo schaut er auf die alte Keramikuhr über der Spüle.

Zwölf Uhr mittags!

Als seine Frau Inge noch lebte, ist ihm das nicht passiert. Sie hat ihn auf Trab gehalten. Vor allem, nachdem er nicht mehr als Leuchtturmwärter gearbeitet hat.

Seit der Pensionierung verbringt er seine Zeit häufig in dem knarrenden Schaukelstuhl vor dem Küchenfenster. Von hier aus kann er den geliebten alten

Backsteinturm wenigstens noch aus der Ferne bewundern, und wenn seine Kinder und Enkel ihn besuchen, erzählt er ihnen all die spannenden Geschichten, die er als Leuchtturmwärter erlebt hat.

Leider kommen die Kinder viel zu selten.

Vielleicht, weil er nicht so gut kochen kann.

Inge fehlt ihm.

Das hört nie auf.

Verstohlen schaut Carlo zu dem gerahmten Bild auf dem Küchentisch. Jeden Abend zündet er ein neues Teelicht davor an und erzählt ihr von seinem Tag.

Was sie wohl zu seiner neuen Bekanntschaft sagen würde?

Versprich mir, dass du nicht allein bleibst, hat seine Frau zu ihm gesagt, als er ihre Hand hielt, bevor sie die Augen für immer geschlossen hat.

Nein, sie ist ihm bestimmt nicht böse.

Nach so vielen Jahren würde sie es sicher verstehen.

Ihr geht ja nichts verloren, denn niemand wird jemals den Platz in seinem Herzen füllen, den Inge dort einnimmt.

»Aber Vadder!«, hat seine älteste Tochter erst neulich zu ihm gesagt. »Du hast so ein großes Herz, da ist genug Platz. Hör einfach darauf, was es dir sagt.«

Für Carlo fühlt es sich richtig an und es tut ihm gut.

Gleich nach dem Mittag wird er Trude wiedersehen. Seine blauen Augen leuchten vor Freude. Er hat sich mit der temperamentvollen Witwe an seiner Hütte beim Vogelschutzgebiet verabredet.

Trude Hansen zuliebe hat er die alte Hütte letzten Sommer doch nicht verkauft. Sie verbindet damit so viele Erinnerungen an ihren verstorbenen Mann Kurt.

Kurt hat das blau gekalkte Reetdachhaus sogar gemalt. Ein Berliner Galerist vermarktet das Gemälde gerade, hat sie ihm erzählt. Es wird gedruckt und hängt dann womöglich bei fremden Menschen über dem Sofa.

Nein, unter diesen Umständen kann Carlo das Häuschen doch nicht verkaufen! Es hat ihn schließlich mit der fröhlichen Trude Hansen zusammengebracht.

Schade nur, dass sie es bisher unbedingt geheim halten will.

Na ja, eigentlich geht es ihm ja nicht anders.

Er hat seinen Kindern auch noch nicht erzählt, was er für Trude empfindet.

40. Kapitel

Hagen Friese geleitet Trude langsam den Strandweg hinunter. Sein Blick schweift hinüber zu der einsamen Hütte mit dem stark verwitterten Reetdach. Das blaue Haus steht allein am äußeren Rand der Böschung, genau dort, wo der grasbewachsene Steilhang in den Strand übergeht.

Die geschlossenen Fensterläden knarren leise im Wind.

Hagen fühlt sich unwohl.

Er hat keine guten Erinnerungen an diesen Ort.

Damals stand er unter Mordverdacht.

Aber der Liegeplatz für sein Boot befindet sich nun mal gleich in der Nähe und er fährt regelmäßig wieder hierher zum Angeln.

»Vielen Dank, mein Junge, dass du mich mitgenommen hast«, sagt Trude. Sie steckt Hagen einen Schein in die Brusttasche seiner Angelhose.

»Bitte, Frau Hansen, das habe ich doch gern getan. Ich will sowieso mit dem Boot raus. Soll ich bei Ihnen bleiben, bis Ihr Bekannter kommt?«

Bin gespannt, wer das ist.

Die alte Trude hat so geheimnisvoll getan.

»Auf keinen Fall. Ich setze mich vor der Hütte auf die kleine Bank und warte.«

»Wie Sie möchten.«

»Mach mal inzwischen deinen Kahn flott, Hagen, sonst verschwinden die Fische wieder. Der Wind dreht gerade.«

Hagen schmunzelt.

Sie will mich anscheinend schnell loswerden.

»Das letzte Stück gehe ich allein«, wimmelt Trude ihn ab und gibt Hagen einen Schubs. »Hier ist der Sand fest genug und die paar Meter schaffe ich ohne dich. Ich hab doch meine Krücke«, sagt sie und hält den Stock in die Höhe.

Wunderschön, denkt Trude, während sie auf der Bank vor dem Fenster sitzt und in die sanfte Gischt der Ostseewellen schaut.

Diese Weite.

Hagens roter Angelkahn ist inzwischen nur ein kleiner Punkt am Horizont.

Aber wo bleibt Carlo?

Trude sieht auf ihre Armbanduhr: schon eine halbe Stunde über der verabredeten Zeit! Sie kramt ihr Mobiltelefon aus der Handtasche.

Ach, herrje, der Akku ist leer.

Sie benutzt das Handy einfach zu selten. Niklas hat ihr dringend angeraten, es für Notfälle bei sich zu tragen. Vor allem, wenn sie unterwegs ist. Deshalb bewahrt Trude es in der Handtasche auf, damit sie es ja nicht vergisst.

Dort lädt es sich natürlich nicht von selbst auf.

So'n Schiet aber auch!

Während sie überlegt, wie sie hier allein wieder wegkommt, vernimmt sie plötzlich Geräusche und Stimmen. Sie dringen direkt aus dem Inneren der Hütte zu ihr. Es knarrt.

Instinktiv zieht Trude den Kopf ein.

Aber zu spät.

Ein Fensterladen wird von innen geöffnet und knallt mit Schwung gegen ihren Hinterkopf.

41. Kapitel

Gedankenversunken blättert Niklas in der Akte mit dem Bericht über die zeitweilig vermissten Kinder.

Gibt es eine Verbindung zwischen deren Verschwinden und dem Tod ihres Lehrers?

Niklas glaubt nicht an Zufälle.

Was Gesa wohl davon hält?

Seine Chefin ist nach Kiel zum Untersuchungsgefängnis gefahren, um den Rentner Joachim Steinert erneut zu befragen. Wenn sie zurückgekehrt ist, wird er mit ihr über die möglichen Zusammenhänge reden müssen.

Vorerst versucht Niklas, allein eine schlüssige Hypothese zu finden. Er beginnt jetzt ein Muster in seinen Block zu zeichnen und jeder beteiligten Person einen Kreis zuzuordnen.

Da klopft es kurz und heftig an der Zimmertür des Oberkommissars.

Ohne abzuwarten, betritt Stefan sein Büro: »Ein medizinischer Notruf, Kollege!«, keucht er.

Niklas sieht erstaunt von seinem Schreibtisch hoch. »Ja und seit wann sind wir dafür zuständig?«, fragt er verärgert.

Jetzt habe ich den Faden verloren.

»Sorry!«, entschuldigt sich Stefan, »ich habe falsch begonnen. Die Jungs vom DRK haben sich bei mir gemeldet. Sie haben vor einer guten Viertelstunde einen anonymen Notruf entgegengenommen. Der Anrufer war der gesuchte Steven Meyer.«

Niklas fällt vor Staunen der Bleistift aus der Hand.

»Woher wollen die vom DRK das denn wissen?«

Stefans braune Augen glänzen vor Stolz.

»Ich habe im Rahmen unserer Fahndung nach Steven Meyer eine Stimmprobe mit herausgegeben«, berichtet er. »Der Travestiekünstler Meyer ist ja in der Region nicht unbekannt und hatte bereits diverse Auftritte in größeren und kleineren Clubs, von denen es einige Videoaufnahmen im Internet gibt.«

»Respekt, Stefan!«, Niklas klappt den Notizblock zu und erhebt sich von seinem Stuhl. »Ein fabelhafter Einfall war das!« Er greift nach seinem Handy auf dem Tisch. »Ich komme gleich mit zu Ihnen nach vorn«, meint er zu Stefan. »Erzählen Sie ruhig weiter!«

»Dem Einsatzleiter in der Notrufzentrale kam die

Stimme des anonymen Anrufers bekannt vor. Sie war so außergewöhnlich warm und angenehm. Er hat sich sofort an die Fahndung erinnert.«

»Haben Sie denn eine Rückverfolgung des Mobiltelefons veranlasst?«, unterbricht Niklas den Kriminalmeister.

»Ja, gleich als Erstes … ohne Sie zu informieren«, gibt Stefan zu.

Niklas klopft ihm auf die Schulter. »Genau richtig gemacht!«, lobt er.

Stefan freut sich und erzählt weiter, während er Niklas über den Flur folgt: »Iversen ist bereits mit seinen Leuten losgefahren. Ich habe zusätzlich Verstärkung aus Kiel angefordert. Vielleicht ist uns der bunte Fisch inzwischen schon ins Netz gegangen.«

Als Stefan und Niklas im Großraumbüro angelangt sind, schaut Lisa mit hochrotem Kopf hinter ihrem Bildschirm hervor: »Gerade ist eine Meldung der Verkehrspolizei hereingekommen!«, ruft sie aufgeregt. »Die Beamten an der Straßensperre am Ortsausgang Brodersdorf haben ein Moped mit zwei Personen aufgegriffen, die zur Fahndung ausgeschrieben sind.«

»Wieso zwei?«, fragt Niklas.

Lisa zieht verwundert die Brauen zusammen. Sie liest noch einmal nach.

»Ja, zwei. Warum, verstehe ich auch nicht«, murmelt sie. »Die schreiben: Es handelt sich um Steven Meyer und eine Susanne Krauske.«

»Wir fahnden nach keiner Frau Krauske«, behauptet Stefan, »vielleicht die Kieler Kollegen …«

»Aber nach einer unbekannten Blondine!«, unterbricht Niklas ihn.

»Genau!« Stefan reißt die Arme hoch. »Juhu! Doppeltreffer!«

»Moment«, beruhigt Niklas den euphorischen Kriminalmeister. »Lisa, was steht denn in der Meldung über die Personenbeschreibung der gesuchten Frau?«

»Sekunde! Ich scrolle weiter und lade das PDF runter … Bingo! Wir haben eine Übereinstimmung mit Fahndungsfoto KriLa012, blonde Frau mit …«

»… großen Brüsten?«, fällt Stefan ihr ins Wort.

»Stefan!«, Lisa schaut ihn entrüstet an. »Aber ja, es handelt sich um die von uns gesuchte Blondine, die mit dem Opfer Piet Schöller gestritten hatte.«

»Mensch, Kollegen!« Niklas steht seine Freude über den Erfolg ins Gesicht geschrieben. »Ich spendiere eine Runde Eis«, verspricht er.

In dem Moment kommt Lasse mit einem Drucker unter dem Arm durch die Eingangstür in das Großraumbüro.

»Hat jemand Eis gesagt?«, fragt er.

»Ja, ich«, bestätigt Niklas. »Sie könnten gleich zur Eisdiele am Hafen loslaufen und uns bitte welches holen, Lasse. Aber was wollen Sie denn mit der alten Kiste?«, wundert er sich und zeigt auf den eingestaubten Drucker.

»Das Gerät wurde unten bei der Schutzpolizei ausrangiert. Vielleicht bekomme ich den Drucker wieder in Gang.«

Niklas rollt mit den Augen.

Noch mehr EDV-Schrott.

»Gibt es denn überhaupt Tintenpatronen für dieses uralte Modell zu kaufen?«, will er wissen.

»Wenn nicht, füll ich die selbst wieder auf«, behauptet Lasse großspurig und versteckt seine neueste Errungenschaft erst einmal unter dem Empfangstresen.

Niklas zieht sein Portemonnaie aus der Hosentasche und gibt ihm Geld. »Bitte holen Sie uns eine ordentliche Portion, Lasse. Der Thermobehälter steht in der Küche.«

»Ist der denn schon wieder sauber?« Lasse schaut Niklas zweifelnd an.

»Ja, ist er!«, antwortet Lisa. »Wäre schön, wenn sich die Herren auch einmal am Abwasch beteiligen würden.«

Lasse zieht den Kopf ein und läuft schnell in die Küche.

Als er mit dem Eisbehälter zurückkehrt, fragt er: »Weiß denn schon jemand, wie es Trude Hansen geht?«

Niklas schaut entsetzt auf seine Kollegen.

Was ist mit Trude?

Stefan gibt Lasse hinter Niklas' Rücken verzweifelt Handzeichen, doch der Polizeischüler plaudert unbeirrt weiter. »Hoffentlich ist es nicht so schlimm. Ein Sturz in ihrem Alter … das kann böse enden. Meine Oma hatte vor zwei Jahren einen Oberschenkelhalsbruch, das hat ewig gedauert, ehe sie wieder auf den Beinen war …«

»Lasse!«, unterbricht Lisa den jungen Kollegen jetzt ungewöhnlich scharf. »Geh doch bitte Eis holen. Ja?«, zischt sie ihn an.

»Bin schon weg.«

Niklas hat sich derweil an den Besuchertisch gesetzt. Er ist kreidebleich geworden.

Stefan geht zu ihm. »Tschuldigung, Oberkommissar«, sagt er leise und legt Niklas die Hand auf die Schulter. »Wir wollten erst abwarten, bis wir mehr wissen.«

»Schon gut. In welches Krankenhaus wurde Trude gebracht und was genau ist passiert?«, fragt er.

Hat Trude etwa wieder Detektivin gespielt?

»Sie wurde mit einer blutenden Kopfwunde nach Kiel in die Uniklinik gebracht. Es besteht wohl keine Lebensgefahr. Angeblich war es ein Unfall«, erklärt Stefan ihm. »Ich kann nur das wiederholen, was an Informationen in der medizinischen Notrufzentrale eingegangen ist. Trude lag bewusstlos vor der Strandhütte des Carlo Friedrichsen. Sie wissen schon«, sagt Stefan und sieht Niklas an, »das einsame blaue Reetdachhaus, von unserem Mordfall im letzten Sommer.«

Niklas weicht dem Blick seines Kollegen aus.

Er erinnert sich nur ungern.

Dieser Fall war sein persönlichster.

»Das heißt, der verdächtige Steven Meyer hat etwas mit Trudes Unfall zu tun?«, schnauft er wütend. »Womöglich ist er schuld … Wenn ich den in die Finger kriege!«

»Eventuell hat er Trude Hansen nur entdeckt«, meint Lisa zu Niklas. »Wir dürfen ihn nicht vorverurteilen. Immerhin hat er mit seinem Handy Hilfe gerufen, was ein Risiko für ihn war. Der Anruf hat zu seiner Festnahme geführt. Er muss doch geahnt haben, dass wir nach ihm suchen, spätestens als er vor Hauptkommissarin Bähr aus seiner Garderobe in der

Bar geflohen ist.«

»Ja, schon möglich«, gibt Niklas zu. »Aber Steven Meyer scheint die verdächtige Blondine zu kennen … und die hatte Streit mit unserem Mordopfer. Er selbst ist dem Fotografen auch begegnet, als er sich, als Häkelcathy verkleidet, zum Meerjungfrauen-Kostümwettbewerb angemeldet hat. Ich bin gespannt, was er uns dazu zu sagen hat.«

Langsam schwillt die Zornesader an Niklas' Hals wieder ab und die Farbe kehrt in sein Gesicht zurück.

»Was hat denn Trude bloß an der Hütte gewollt?«, denkt er laut nach. »Ahnte sie etwa schon wieder mehr als wir und wollte den gesuchten Steven Meyer dort treffen?«, fragt er seine Kollegen. »Was meinen Sie?«

Stefan schüttelt mit dem Kopf. »Nee, nee, so allwissend ist unsere Hobbydetektivin nun auch nicht. Sie war mit dem Besitzer der Hütte verabredet.«

Niklas staunt. »Dem ehemaligen Leuchtturmwärter Carlo?«, fragt er.

»Ja, genau mit dem. Er hatte sich verspätet und kam zeitgleich mit dem Krankenwagen an. Angeblich ist er mit Trude eng befreundet und hat so lange gedrängelt, bis er mitfahren durfte.«

Von einer engeren Freundschaft mit Carlo hat Trude mir gar nichts erzählt.

»Was machen wir denn jetzt nur?«, fragt Niklas.

Ich muss mich zusammennehmen.

Aber Trude ist hier oben an der Küste meine Familie.

Stefan sieht die Sorge und Verzweiflung in seinem Gesicht.

So aus der Fassung habe ich den Oberkommissar noch nie

gesehen.

Der ist sonst so ein cooler Hund.

»Sobald Lasse mit dem Eis zurück ist«, schlägt Stefan vor, »setzen wir uns alle zusammen und besprechen die neuen Maßnahmen.«

Niklas nickt dankbar.

Auf das Team ist Verlass.

Lisa unterstützt Stefans Vorschlag.

»Genau«, sagt sie, »gute Idee. Ich glaube aber, Oberkommissar Lux wird heute nach Kiel fahren müssen, um die beiden verdächtigen Zeugen zu vernehmen. Die dürfen ja höchstens vierundzwanzig Stunden festgehalten werden, danach entscheidet der Ermittlungsrichter. Eine Tatbeteiligung können wir ihnen bisher nicht beweisen.«

»Ja, so ist es«, muss Stefan zugeben. »Die Zeit ist gegen uns. Wenn Sie in Kiel sind, Kollege Lux, könnten Sie auch gleich in der Uniklinik bei Trude vorbeischauen«, schlägt er vor.

Niklas überlegt kurz.

Dann springt er vom Stuhl auf und angelt sich seine Jacke von der Garderobe.

»Ist es okay, wenn Sie das Eis ohne mich essen?«, fragt er. »Ehrlich gesagt bekomme ich gerade keinen Bissen herunter. Ich fahre jetzt sofort mit dem Einsatzwagen nach Kiel. Zuerst ins Krankenhaus, dann ins Untersuchungsgefängnis. Die Chefin informiere ich unterwegs.«

Er drückt die Klinke zur Bürotür herunter. »Den Rest bekommen Sie auch ohne mich in den Griff. Sie kennen ja die Abläufe. Noch Fragen?«

Lisa und Stefan schütteln die Köpfe.

Stefan atmet hörbar aus.
Da ist er wieder, der alte Lux.
Spontan und unberechenbar.

42. Kapitel

Als er Trude so klein und zerbrechlich in dem riesigen weißen Bett liegen sieht, hat Niklas Mühe, seine aufkommenden Tränen zu unterdrücken.

Er beugt sich zu ihr hinunter und küsst sie zur Begrüßung vorsichtig auf die Stirn. »Was hast du mir für einen Schrecken eingejagt!«, flüstert er.

Trudes schmale graue Augen sehen glücklich zu Niklas auf. Trotz des Blutergusses, der sich wie eine violettfarbene Brille um ihre blasse Nase gelegt hat, quält sie sich ein Lächeln ab.

Ihr erster Kuss von Niklas.

Trudes Blicke suchen Carlo Friedrichsen. Nachdem Niklas in ihrem Krankenzimmer aufgetaucht war, hatte der sich sofort auf einen Stuhl vor dem Fenster zurückgezogen.

»Nicht, dass der Carlo eifersüchtig wird!«, lästert Trude und dreht ihm den Kopf zu. »Aua!!«, klagt sie sogleich.

»Du hast eine Gehirnerschütterung!«, brummt Carlo und grinst in seinen Bart. »Lieg still und sabble nicht so viel.«

Niklas setzt sich zu Trude auf die Bettkante und hält ihre kleine, runzlige Hand. In der Mitte ihres Handrückens steckt eine Braunüle für den Zugang zu dem Schmerztropf, der über Trudes Bett befestigt wurde.

»Der kommt morgen ab«, behauptet sie forsch, »morgen darf ich nach Hause.«

»Ist das nicht zu früh?«, fragt Niklas erstaunt.

»Nee, stimmt!«, nuschelt Carlo aus seiner Ecke. »Sie soll entlassen werden. Ich bleib ein paar Tage bei ihr zu Hause, damit sie sich ausruhen kann.«

Niklas ist erleichtert. »Das ist sehr lieb von Ihnen, Carlo.«

Er selbst hat ja gerade sehr wenig Zeit, wegen der zwei Mordfälle.

»Darf ich dir ein paar Fragen stellen, Trude?«, bittet er. »Du brauchst nur ganz leise zu antworten. Ich lese zur Not von deinen Lippen ab.«

»Ja, natürlich darfst du das, Niklas. Ohne mich kommt ihr doch wieder nicht weiter bei euren Ermittlungen. Nicht wahr?«

»Das auch, aber mir geht es eigentlich um deinen Unfall. Erinnerst du dich denn an irgendetwas?«

Trude schließt die Augen. »Also …«

»Wenn es zu anstrengend ist, hören wir sofort auf«, sagt Niklas erschrocken.

»Quatsch!«, krächzt Trude unter ihrer Bettdecke. Sie hat sich diese bis über die Nasenspitze gezogen. »Ich überlege doch nur.«

»Mach in Ruhe. Ich habe Zeit.«

Trude lacht heiser. »Das wäre ja mal ganz was Neues«, meint sie. »Musst du nicht gleich weiter zum Gefängnis? Hast du doch vorhin erzählt.«

»Dir kann man wirklich nichts vormachen, Trudchen.«

»Siehst du, dann hör jetzt gut zu, wie es war: Ich

habe vor Carlos Hütte auf der Bank gesessen und vor mich hingedöst. Carlos Auto hatte einen Platten und er musste unterwegs den Reifen wechseln. Deshalb hat er sich verspätet. Stimmt's, Carlo?«

Der alte Friedrichsen nickt. »Ja, so ist es gewesen.«

»Plötzlich höre ich Stimmen, die aus der Hütte kamen«, erzählt Trude weiter. Ihre Hände zittern vor Aufregung. »Ich wollte mich umdrehen und ins Fenster hineinsehen, da klappte das blöde Ding auch schon auf! Also genauer gesagt, der Fensterladen muss es gewesen sein. Ich hab einen ordentlichen Schlag am Hinterkopf verspürt und bin von der Bank runter in den Sand gefallen.«

»Hast du jemanden gesehen?«

»Sie war bewusstlos«, wirft Carlo ein.

»Ja, war ich«, bestätigt Trude. »Aber einen klitzekleinen Moment war ich wach. Er hat über mir gekniet. Seine Augen waren so schön stechend blau. Sogar blauer als deine, Niklas. Zuerst dachte ich, du bist es. Aber dann ist mir wieder schwindlig geworden und ich bin erst im Rettungswagen aufgewacht.«

»Würdest du den Mann wiedererkennen?«

»Also die Augenpartie auf jeden Fall. Hat er den Krankenwagen gerufen?«

»Das ist gut möglich. Wir überprüfen das gerade. Der Anruf bei der Rettungsstelle des DRK ist anonym eingegangen.«

»Ach, schade. Ich möchte mich doch wenigstens bedanken.«

»Musst du nicht!«, mischt sich Carlo ein. »Wer auch immer in meine Hütte eingedrungen ist, hatte dafür keine Erlaubnis.«

»Da hast du natürlich recht, Carlo. Deshalb ahnte ich auch nicht, dass jemand das Fenster von innen öffnen würde.«

»Die Bank steht sonst woanders, Herr Kommissar«, versichert Carlo Niklas. »Der Einbrecher muss sie unters Fenster geschoben haben, um leichter hineinzuklettern.«

»Das ist gut möglich, Herr Friedrichsen. Danke für den Hinweis.«

»Wir waren doch schon mal beim Vornamen«, brabbelt sich der alte Leuchtturmwärter in seinen Bart. »Erinnerst du dich denn nicht, Kommissar Niklas?«

»Ja, Carlo, entschuldige. Natürlich erinnere ich mich an das Gespräch mit dir im letzten Sommer und an deinen leckeren Tee mit Rum.«

Trude kichert verstohlen: »Ich erinnere mich auch. Niklas war völlig von der Rolle. Männer, sag ich nur! Schlimm, wenn das Hirn in die Hose rutscht …«

Carlo schaut geniert zum Fenster raus.

»Zum Glück ist er jetzt in festen Händen«, schwatzt Trude weiter. »Wie geht's denn deiner Swantje?«, fragt sie Niklas.

Der nimmt Trudes Hand behutsam zwischen seine: »Gut geht's ihr«, antwortet er, »und dir geht es anscheinend auch immer besser. Ich lass dich jetzt wieder mit Carlo allein, meine Liebe.«

»Schade. Es gibt gleich Abendbrot. Obwohl – Hunger hab ich nicht …«

»Gegessen wird aber!«, ruft Carlo streng.

Niklas lächelt Trude an. »Hör auf ihn!«, bittet er sie und steht auf.

Dann verabschiedet er sich und geht zur Tür.

»Macht's gut, ihr zwei, und gute Besserung, Trude! Ich besuche dich zu Hause.«

»Na, das will ich doch hoffen!«, antwortet sie und hebt ihren Kopf ruckartig vom Kissen hoch.

»Au, Schiete!«, schimpft sie, »mein Schädel dröhnt doller als die Sirene auf Carlos Leuchtturm.«

43. Kapitel

»Hier entlang, Frau Hauptkommissarin!« Ein Beamter der Justizvollzugsanstalt Kiel weist Gesa den Weg.

»Sie werden Ihre Vernehmung im Raum 203 durchführen«, erklärt er ihr und erwähnt nebenbei, dass sich mit dem heutigen Abend dreihundert Überstunden auf seinem Zeitkonto angesammelt haben.

Als Niklas mit großen Schritten die Treppe in den zweiten Stock hinaufeilt, hört er, wie der Mann immer noch lautstark lamentiert.

»Da bin ich, Gesa«, schnauft er hinter den beiden.

Gesa dreht sich erleichtert um.

»Niklas!«, ruft sie erfreut. »Super, dass du es fast pünktlich geschafft hast.«

Sie wendet sich an den Polizeibeamten: »Danke schön, Kollege! Gönnen Sie sich eine Pause! Wir warten vor dem Vernehmungszimmer auf Steven Meyer.«

Der Vollzugsbeamte schaut auf seine Armbanduhr. »Dessen Anwältin verspätet sich anscheinend auch, aber bestimmt geht's gleich los«, verspricht er, »wird wohl 'ne Nachtschicht heute.«

»Was bleibt uns anderes übrig?«, meint Niklas, »die Frist müssen wir schon einhalten.«

»Das heißt, einen Haftrichter benötigen Sie nicht mehr?«

Gesa zuckt mit den Achseln.

»Also, da möchte ich der Zeugenvernehmung nicht vorweggreifen. Ausschließen kann ich gar nichts«, gibt sie ehrlich zu.

»Okay, hab's verstanden. Ich geh dann erst einmal. Viel Erfolg!«

»Ja, danke, Kollege«, ruft Gesa ihm hinterher.

Endlich ist er weg.

»Wie geht es Trude, Niklas?«, fragt sie sofort. »Komm! Erzähl schnell, bevor Steven Meyer mit seiner Anwältin erscheint!«

Niklas berichtet ihr in aller Kürze von seinem Besuch im Krankenhaus.

»Mensch, bin ich erleichtert!«, stöhnt Gesa auf. »Das scheint doch alles glimpflich ausgegangen zu sein.«

»Ja, zum Glück. Nach ihrem Sturz hat Trude einen Moment lang einen Mann gesehen. Er kniete über ihr und soll auffällig blaue Augen haben.«

»Wie Steven Meyer«, stellt Gesa fest.

»Ja, vieles spricht dafür, dass er sich in Carlos Hütte verschanzt und Trude den Fensterladen an den Kopf geknallt hat.«

»Wahrscheinlich nicht mit Absicht«, vermutet Gesa.

»Davon ist auszugehen. Trude hat bestätigt, dass sie unglücklicherweise genau vor dem Fenster gesessen hat.«

Gesa nickt. »Der Meyer hat sogar den Rettungsdienst gerufen, obwohl er sich dadurch verraten hat.«

»Würde ein eiskalter Serienkiller so vorgehen?«, fragt Niklas. Er hat Zweifel.

»Das kommt auf sein Motiv an, finde ich«, antwortet Gesa. »Wenn er die beiden Männer aus persönlichen Gründen tötete, warum sollte er einer verletzten alten Dame die Hilfe verweigern?«

»Gehst du schon davon aus, dass er der Täter ist, Gesa?«

»I wo, aber ausschließen würde ich es nicht, zumal er und die Susanne Krauske, er nennt sie Suse, ein Paar sind.«

»Ja, stimmt«, Niklas erinnert sich, »die Verkehrspolizisten haben das bei der Festnahme der beiden zu Protokoll gegeben. Das Verhalten der Flüchtigen wäre entsprechend gewesen. Angeblich hätten sich herzzerreißende Szenen abgespielt, als man sie nach ihrer vorläufigen Festnahme in getrennte Autos gesetzt hat.«

»Ja, ja, die Liebe. Sie ist Segen und Fluch zugleich«, philosophiert Gesa und grient.

Niklas sieht sie erstaunt an.

Was ist denn plötzlich mit der Chefin los?

»Sieh mal da, Niklas!«, sagt sie, »wer da kommt!«

Gesa hat Swantje gleich erkannt, obwohl sie bisher nur ein Foto von ihr gesehen hat.

Niklas dreht sich um.

Swantje!

Ein freudiger Schauer läuft über seinen Rücken.

»Was machst du denn hier, Schatz?«, fragt er.

Swantje starrt ihn an, als wäre ihr Neptun persönlich erschienen.

»Na, arbeiten«, antwortet sie. »Was denn sonst?«

Nun entgleiten Gesa die Gesichtszüge.

»Moment, Frau Hussmann«, mischt sie sich ein,

»sind Sie etwa die Anwältin von Steven Meyer?!«

»Ja, warum auch nicht?«, antwortet sie kühl.

Gesa rollt mit den Augen.

Mann, ist das ein Eisschrank.

Niklas zieht Swantje am Ärmel ihres Blazers: »Können wir kurz zum Fenster gehen und reden?«, bittet er.

»Natürlich.«

Gesa schaut auf ihre Uhr.

»Aber schnell! Klärt das bitte sofort!«

»Hast du denn die Akte nicht gelesen?«, zischt Niklas Swantje an. »Dann wüsstest du, dass die Kripo Laboe im Fall deines Mandanten Steven Meyer ermittelt.«

»Glaub mir, Niklas«, beteuert Swantje. »Ich habe die Akte vor zehn Minuten zum ersten Mal eingesehen und gehofft, dass deine Chefin die Befragung führt.«

»Wir wollten die zu zweit führen. Aber nun bin ich da wohl raus«, ärgert sich Niklas.

»Es tut mir leid.«

»Warum hast du nicht jemanden vom anwaltlichen Notdienst zur Vertretung angerufen, Swantje?«

»So kurzfristig? Außerdem hat mich mein Bruder extra darum gebeten, Steven Meyer zu unterstützen. Er ist ein guter Freund von ihm.«

»Du hast drei Brüder.«

»Sorry, Steven ist ein Freund von Sören. Mein Bruder ist ja oft in der Szene unterwegs und besucht regelmäßig Diskotheken, Bars und auch Kleinkunstfestivals. Auf einem hat er Steven wohl kennengelernt.«

Niklas schaut seine Freundin ratlos an. »Was machen wir denn jetzt?«

Vor der Tür zum Vernehmungsraum sieht er Gesa mit den Armen gestikulieren.

Ich muss eine Entscheidung treffen.

»Bleibst du bitte hier stehen?«, sagt er zu Swantje, »ich werde mich mit Hauptkommissarin Bähr beraten.«

»Na, endlich!«, sagt Gesa.

Mann, der Lux ist auch ein Pechvogel.

»Alles händelbar«, tröstet sie ihn. »Ich hab eine Idee«, verkündet sie, »ich befrage Steven Meyer allein und du versuchst in der Zeit, die Vernehmung von Susanne Krauske durchzuführen. Leere Räume haben die hier genug. Wende dich an den Beamten Pietschmann von eben. Bedauere ihn ein wenig, gib ihm einen Kaffee aus, dann wird das klappen.«

»Und wenn die Krauske nicht so weit ist? Sie wäre erst in frühestens einer Stunde dran.«

»Na, die hat hier alle Zeit der Welt und auf anwaltlichen Beistand verzichtet, wenn man dem Pietschmann glauben kann.«

»In Ordnung, Gesa. Ich versuch's. Tut mir leid, Swantje hat erst vor zehn Minuten erfahren, worum es in dem Fall geht. Der Meyer ist ein Freund ihres jüngsten Bruders und der hat sie ausdrücklich darum gebeten, das Mandat anzunehmen. Eigentlich hat sie ja Urlaub.«

»Schon gut. Ist dumm gelaufen, aber wir haben ja eine Lösung gefunden, Niklas.« Gesa lacht. »Nun lerne ich deine bessere Hälfte doch schneller kennen, als dir lieb ist, oder?«

Niklas winkt ab.

Wie gut kenne ich denn Swantje?

Viel zu wenig.

44. Kapitel

»Frau Krauske, womit haben Sie Piet Schöller gedroht?«, wiederholt Niklas genervt. »Wir wollen doch nicht die ganze Nacht hier verbringen, weil ich Sie ständig dasselbe fragen muss.«

Er schaut zuerst auf die große runde Wanduhr im Vernehmungsraum und anschließend mitleidheischend zu dem Beamten an der Tür. Doch der verzieht keine Miene.

Oder ist der aus Pappmaschee?, überlegt Niklas.

Im Zuge der ständigen Personaleinsparung würde ihn das nicht wundern.

Susanne Krauske schüttelt als Antwort auf Niklas Frage an sie so heftig mit dem Kopf, dass ihre langen, blonden Haare über den Tisch wehen und ein paar von seinen Aufzeichnungen herunterrutschen.

»Oh, Verzeihung«, sagt sie, als er sich bückt. »Sie müssen mir glauben, ich habe mit Piets Tod nichts zu tun. Ja, ich habe ihn gehasst. Er hat damals in Berlin Fotos von mir gemacht, für die ich mich heute schäme und die er aus dem Netz nehmen soll. Deshalb hatte ich ihn angeschrien.«

»Sie haben ihm einen braunen Umschlag übergeben beziehungsweise ihn damit ins Gesicht geschlagen. Ist das korrekt?«

»Na, geschlagen ist übertrieben … Im Umschlag waren Ausdrucke der Bilder, die er von der Plattform löschen sollte. Ich wollte ja nicht, dass alle verschwinden. Ich verdiene einiges an Geld damit.«

»Was ist denn auf den Bildern zu sehen, die Ihnen nicht mehr gefallen?«, will Niklas wissen.

»Zu viel, Herr Kommissar. Eine Jugendsünde von mir. Jetzt, wo ich mit Steven zusammen bin, will ich nicht, dass andere meinen, ich nenne es mal PIEP sehen« sagt sie und schlägt die Augen nieder. »Sie nehmen das Gespräch ja auf und ich bin eine anständige Frau.«

»Wir bewerten niemanden moralisch, Frau Krauske. Uns geht es um die Einhaltung der Gesetze, und diese verbieten es, jemanden zu töten.«

Suse tut empört. »Was denken Sie denn von mir und Steven? Er wollte sich Piet nur vorknöpfen, nachdem der sich über mich lustig gemacht hat.«

»Ihr Freund hat sich als Frau verkleidet, die einer gewissen Häkelcathy aus dem Internet ähnlich sieht, und sich bei dem Fotografen Piet Schöller für den Meerjungfrauen-Kostümwettbewerb vorgestellt«, hilft Niklas ihrer Erinnerung auf die Sprünge.

Sie kichert. »Ja, das hat er mir erzählt. Piet ist voll auf ihn abgefahren. Stevens Plan war, ihn später in der Öffentlichkeit zu verführen und dann loszuschreien und so zu tun, als ob Piet ihn, also die Häkelcathy vergewaltigen wollte. Natürlich bevor Piet Steven vollständig entblättert hat und sieht, welchen Hammer mein Freund besitzt.«

»Ja, danke, Frau Krauske. Ersparen Sie mir die Details. Ich glaube übrigens nicht, dass Ihr Plan erfolgreich gewesen wäre. Sobald die echte, prominente Häkelcathy davon Wind bekommen hätte, wären Sie aufgeflogen. Sorry, Ihre Geschichte ist wenig glaubhaft.«

»Glauben Sie doch, was Sie wollen!« Suse schmollt und schürzt ihre aufgespritzten Lippen.

»Eine andere Frage«, fährt Niklas fort, »haben Sie noch mehr von diesen braunen Briefumschlägen verteilt?«

»Nee, wieso?«

»Kennen Sie einen Lehrer Volker Roloff aus Bielefeld?«

»Nie gehört.«

»Gut, Frau Krauske, dann war es das für heute Abend. Die erkennungsdienstliche Behandlung ist ja bei Ihnen bereits erfolgt. Falls die Ergebnisse der Spurenauswertung Ihnen morgen keine Tatbeteiligung nachweisen, dürfen Sie nach Hause.«

»Und Steven?«, fragt Suse sofort.

»Das kommt darauf an, was die Befragung durch meine Kollegin ergibt. Ihr Freund wird bisher nur als Zeuge vernommen. Das kann sich aber schnell ändern, wenn er unter dringenden Tatverdacht gerät.«

Suses Augen füllen sich mit Tränen.

»Ohne ihn kann ich nicht leben! Sie müssen ihn freilassen.«

Niklas räumt seine Sachen zusammen. »Dieses Argument zählt vor Gericht leider nicht, Frau Krauske. Aber wenn Herr Meyer unschuldig ist, haben Sie ihn bald wieder.«

»Wie geht es der alten Frau eigentlich?«, fragt Suse plötzlich.

»Sie erholt sich im Krankenhaus.«

»Steven ist so ein guter Mensch, Herr Kommissar. Er wollte sogar bei ihr bleiben, bis der Arzt da ist. Ich habe ihn überredet, lieber abzuhauen.«

»Ist gut, Frau Krauske, Sie müssen mich nicht überzeugen. Sparen Sie sich Ihre Argumente für den Richter, falls Sie jemals als Zeugin oder Angeklagte vor Gericht aussagen müssen …«

Suse sieht Niklas misstrauisch an.

Hat der eine Laune!

Eben hat er versprochen, mich freizulassen.

»Ich bin doch unschuldig!«, entrüstet sie sich.

Niklas verzieht säuerlich den Mund.

Höchstwahrscheinlich stimmt es.

Die war's nicht und die falsche Häkelcathy Steven passt auch nicht in das Täterprofil.

Das chaotische Pärchen hat viel zu planlos und spontan agiert.

»Was ist denn nun?«, nörgelt Suse. »Darf ich endlich schlafen gehen?«

»Ja, ja!« Niklas nickt. »Bitte bringen Sie die Frau raus!«, sagt er zu dem Beamten an der Tür.

Dienstag

45. Kapitel

»Ihr Lieben …«, beginnt Gesa ihre Teamsitzung vor dem Mittagessen.

Stefan und Lisa tauschen unauffällig Blicke aus. Sie wissen: Wenn Hauptkommissarin Bähr die Besprechung mit diesen Worten einleitet, kommt noch mehr Arbeit auf sie zu.

»Ich sehe, am Tisch macht sich eine Vorahnung breit«, kommentiert Gesa das Verhalten der beiden und versucht zu lächeln. »Leider vermuten Sie richtig: Wir stehen wieder ganz am Anfang.«

Lasse blubbert mit dem Strohhalm in seiner Cola.

Stefan stößt ihn an.

»Dass wir ein paar Verdächtige weniger haben, ist doch auch schon ein kleiner Erfolg«, versucht Niklas die Misserfolge zu relativieren.

Lisa sieht ihn verwundert an.

Meint der Lux das etwa ernst?

Ich habe mir den Mund fusselig geredet und die Finger wund geschrieben und nun war alles umsonst?

»Jeder Ermittlungsschritt ist ein Puzzlestein auf dem Weg zum Erfolg. Es ist wie mit einem Bild«, erklärt Niklas, »da gibt es auch Bereiche, die sind eintönig, sehen scheinbar gleich aus … Aber wenn der letzte Pinselstrich vollzogen ist, entfalten sogar die zuerst unwichtigen Dinge ihre Wirkung.«

Stefan bleibt bei dem Vergleich vor Staunen der Mund offen stehen.

Der Lux soll früher gemalt haben.

Sehr erfolgreich sogar.

Ein Mann voller Rätsel.

Niklas sieht die Verwunderung in den Augen der anderen. Er versteht gerade selbst nicht, was mit ihm los ist.

Wie kommt er aufs Malen?

Warum holt sein Gedächtnis ausgerechnet jetzt die alten Metaphern hervor?

Er malt nicht mehr!

Schluss! Aus!

»Sorry, der Vergleich ist etwas blumig«, entschuldigt er sich. »Die Befragung letzte Nacht war anstrengend und die Auswertung der Ergebnisse der Spurensicherung leider deprimierend, nicht wahr, Gesa?«

»Genau«, bestätigt sie. »Steven Meyer und Susanne Krauske können wir keine Tatbeteiligung an den Morden nachweisen. Deren mögliches Rachemotiv wegen der kompromittierenden Fotos von Frau Krauske ist dem Haftrichter zu dünn. Die beiden sind wieder auf freiem Fuß. Den Lehrer kannten sie ja gar nicht. Auch meine zweite Befragung von Joachim Steinert hat nichts Neues ergeben. Er hat den Spaten angefasst und ist Piet Schöller nachgeschlichen. Auch das reicht auf Dauer nicht, um den dringenden Tatverdacht gegen ihn aufrechtzuerhalten. Heute Nachmittag ist der nächste Termin, ich denke, Herr Steinert wird danach wieder frei sein.«

»Aber die beiden Opfer haben sich doch nicht allein verbuddelt!«, ruft Lisa verzweifelt.

Habe ich bei meiner Recherche etwas übersehen?

Die bescheidene Kriminalobermeisterin stellt sich

als Erstes immer selbst infrage.

»Jemand könnte den Urlauber Steinert dazu gezwungen haben, das Loch in den Dünen zu buddeln. Hinterher hat er ihn dann mit K.-o.-Tropfen und Alkohol vollgepumpt, sodass der sich nicht mehr erinnern kann«, meint Stefan. Er hat von Anfang an geglaubt, dass die Tat dem Rentner in die Schuhe geschoben werden sollte.

»Oder er will sich nicht mehr erinnern, weil er da irgendwie mit drin hängt«, widerspricht Niklas.

Stefan hält dagegen: »Er kann auch gezwungen und bedroht worden sein«, sagt er.

»Alles davon ist möglich und plausibel, aber unsere Morde haben wir trotzdem nicht aufgeklärt«, fasst Gesa die Argumente zusammen.

»Vielleicht liegt der Schlüssel in einer Verbindung zwischen den beiden Opfern«, meint Niklas. »Lisa, Sie haben doch in deren persönlichem Umfeld nachgeforscht.«

»Ja, habe ich. Bisher gibt es keinerlei Berührungspunkte, wenn man davon absieht, dass beide nicht von der Küste sind, aber hier oben ermordet wurden.«

»Dann ist der Mörder von hier!«, schlussfolgert Lasse forsch. Er hat seine Cola inzwischen ausgetrunken und kaut auf dem Strohhalm herum.

Niklas nickt. »Nehmen wir mal an, es ist so«, sagt er, »hat der Mörder seine Opfer dann bewusst an die Ostsee gelockt oder eine zufällige Gelegenheit ergriffen, die sich ihm plötzlich bot?«

Stefan glaubt, eine Antwort darauf zu wissen: »Also, die Gründe für den Aufenthalt der Getöteten waren so unterschiedlich und nicht beeinflussbar, ich tippe auf die Gelegenheit.«

Lasse nimmt den Strohhalm aus dem Mund: »Oder er hasst alle Fremden und tötet sie nacheinander. Dann finden wir vielleicht bald die nächste Leiche in den Dünen verbuddelt«, sprudelt es aus ihm heraus.

Gesa sieht Lasse erschrocken an: »Ein pathologischer Serienkiller, der aus reiner Mordlust tötet?«, stöhnt sie. »Nee, das schließe ich aus.«

Ich will es jedenfalls.

Noch ein Opfer, und der Zimmermann nimmt mir die Dienststelle auseinander.

46. Kapitel

»Stefan!«, ruft Lisa zu ihrem Kollegen herüber. »Komm mal schnell!«

Vor Aufregung stopft sich Lisa einen halben Donut auf einmal in den Mund. Sie hatte sich heute zu ihrem täglichen Salat noch etwas Süßes geholt.

Obwohl es nicht gesund ist.

Die Teambesprechung war einfach zu frustrierend verlaufen.

Wer kann schon immer »gesund«?

»Schau mal hier, Stefan!«, sagt sie. »Dieses alte Strandfoto hatte ich eben im Anhang einer E-Mail.« Sie zieht das Foto mit dem Cursor über die gesamte Bildschirmbreite.

Stefan kneift die Augen zusammen. »Was siehst du, was ich nicht sehe?«, fragt er. »So ähnlich heißt es doch …«

Lisa lacht ausgelassen. »Ja, so in etwa, du Quatschkopf!« Sie zeigt mit dem Finger auf zwei Männer mit langstieligen, bunten Kinderschaufeln in der Hand. Die beiden posieren grinsend neben zwei dicht am Ufer eingebuddelten Personen, von denen lediglich die Hinterköpfe zu sehen sind.

»Erkennst du die beiden Männer mit den Schaufeln?«

Stefan schaut genauer hin.

»Donnerlüttchen!«, ruft er. »Piet Schöller und Volker Roloff! Da haben wir unsere Verbindung!« Er klopft Lisa mit seiner kräftigen Hand auf die Schulter. »Klasse, Lieschen! Berichte uns gleich mal, wo du das Bild herhast!«, sagt er. »Ich trommle die anderen zusammen. Lux und Bähr sind in ihren Büros, aber wo steckt Lasse denn schon wieder?«

»In der Küche. Er schrubbt den angetrockneten Eisbehälter.«

Zwei Minuten später drängelt sich das komplette Team vor Lisas Computer um die besten Plätze.

Alle reden und fragen durcheinander.

»Stopp!« Gesa spricht ein Machtwort. »Jetzt redet nur eine, und das ist Lisa.«

»Danke, Chefin. Es ist auch gar nicht so spektakulär. Eher ein Zufallstreffer«, sagt sie bescheiden.

»Wer nicht pult, findet keine Gräten, sagt meine Oma immer.«

»Lasse! Lisa ist dran«, ermahnt Stefan den Polizeischüler.

Lisa öffnet jetzt ein weiteres Fenster auf ihrem Bildschirm. »Die Anwaltskanzlei Sturm und Partner ist der Versender der E-Mail mit dem alten Strandbild. Da ich alle Auffälligkeiten und möglichen Mordmotive aus dem privaten Umfeld des Lehrers überprüft habe, bin ich auf die Kanzlei gestoßen. Der Anwalt, Axel Sturm, ist ein Freund von Volker Roloff. Er hat dem Lehrer geholfen, als der Vorwurf des Missbrauchs gegen diesen erhoben wurde.«

»Sehr gründliche Arbeit«, lobt Niklas, die Kriminalobermeisterin.

»Und weiter?«, fragt Gesa ungeduldig. »Wo ist das? Von wann ist das Foto? Der Roloff sieht darauf mindestens fünf bis zehn Jährchen jünger aus«, meint sie und schaut noch einmal kritisch auf das Bild. »Den Schöller habe ich zu seinen Lebzeiten nicht gesehen, aber er ist es zweifelsohne. Die Vorliebe für bunte Hemden schien er schon damals gehabt zu haben.«

»Die Aufnahme stammt aus einem länger zurückliegenden Urlaub des Lehrers auf Fuerteventura«, berichtet Lisa, »das Datum ist nicht bekannt. Der Anwalt hat das Foto eingescannt und mir gemailt. Es kam gestern mit der Post bei ihm an. Volker Roloff hatte es seinem Freund geschickt und ihm dazu folgende Zeilen geschrieben …«

Lisa zieht das Strandfoto auf ihrem Bildschirm jetzt wieder kleiner und öffnet ein neues Fenster mit der Abbildung eines handgeschriebenen Briefs.

Dann liest sie laut daraus vor:

»Lieber Axel, bitte bewahre dieses Foto für mich auf. Es wurde mir während meiner Klassenreise heimlich und anonym in einem braunen Umschlag zugesteckt. Wenn ich wieder zu Hause bin, möchte ich diese alte Sache mit dir besprechen. Sie belastet mich und ich überlege, mich meiner Verantwortung

endlich zu stellen. Ich bin kein Verbrecher, aber zwei junge Menschen mussten wegen meiner Dummheit sterben. Ich erkläre dir später alles und hoffe, dass du mir wieder hilfst. Vorher verbringe ich das Wochenende noch an der Ostsee. Wer weiß, wann ich jemals wieder Gelegenheit dazu habe. Viele Grüße Volker

Lisa atmet tief durch. »Ist das nicht ein Ding!«, sagt sie.

Wie auf Kommando beginnen alle, durcheinander zu reden. Jeder aus dem Team hat eine andere Vorstellung davon, was der Lehrer wohl Schlimmes angerichtet hat.

Gesa hebt die Hand: »Ruhe, bitte!« Sie winkt ihre Leute an den Besprechungstisch. »Wir setzen uns jetzt und sprechen, einer nach dem anderen! Wo ist denn der Lux?«, fragt sie.

»Ich glaube, der ist zwischendurch zur Toilette gerannt«, behauptet Lasse, »der Oberkommissar wurde immer bleicher und bleicher im Gesicht.«

Gesa schaut den Polizeischüler zweifelnd an.

Zur Bestätigung nickt er heftig mit dem Kopf.

Ach was, wahrscheinlich musste Niklas nur mal dringend zum WC.

Lasse übertreibt ja gern.

Mittwoch

47. Kapitel

Gesa schiebt Niklas ihre volle Kaffeetasse über den kleinen Besprechungstisch in ihrem Büro. »Trink mal! Der ist ganz frisch. Ich denke, du kannst ihn gerade besser gebrauchen.«

»Danke!«, antwortet er leise und trinkt hastig ein paar Schlucke.

»Ich kann es einfach nicht glauben …«, meint er kopfschüttelnd, »dass ich mich so getäuscht haben soll.«

»Nun bleib mal ganz ruhig. Es ist schließlich nicht deine Freundin Swantje, die des Doppelmordes verdächtig ist, sondern ihr Bruder Sören«, versucht Gesa ihren sichtlich mitgenommenen Kollegen zu trösten.

Der hat die ganze Nacht über kein Auge zugetan.

»Aber Swantje hat mich angelogen und sich so merkwürdig verhalten«, stöhnt Niklas, »angeblich wegen ihres stalkenden Ex-Freundes.« Er schlägt die Hände über dem Kopf zu zusammen. »Ich weiß nicht mehr, was ich noch glauben soll, Gesa! Aber dass sie mit einem Mörder unter einer Decke steckt … halte ich für unmöglich!«

Er schaut seine Chefin bittend an. »Lass mich noch einmal mit ihr reden. Ich liebe sie wirklich, alles passt so gut zwischen uns und ich möchte ihr wenigstens die Gelegenheit geben, sich zu erklären.«

Gesa zögert: »Eigentlich muss ich Sören Hussmann wegen des dringenden Tatverdachts festnehmen«, sagt sie leise. »Er hat ein Motiv und ich finde es verdächtig, dass er seine Schwester Swantje für Steven Meyer als Anwältin angeheuert hat. Sein Freund Steven ist zwar wieder frei, weil wir ihm nichts beweisen können, aber wir wissen nicht, ob er vielleicht Sören Hussmanns Komplize ist.«

»Auch das wäre möglich«, gibt Niklas zu.

»Verstehst du mich jetzt?«, meint Gesa. »Wenn deine Swantje mit drin hängt, könnte sie ihren Bruder warnen.«

»Das wird sie nicht, dafür sorge ich«, verspricht er.

Gesa verzieht skeptisch ihre Mundwinkel. »Blut ist dicker als Wasser, mein Lieber. Ich will nicht, dass der Hussmann türmt, bevor wir ihn geschnappt haben. Meine letzte Pleite mit dem flüchtigen Steven Meyer hat mir gereicht.«

»Gib mir zwei Stunden!«, bettelt Niklas. »Ich nehme den Dienstopel und fahre zu Swantje. Wir sind ja weiterhin in Kontakt und ich weiß, dass sie sich jetzt zu Hause in ihrer Kieler Wohnung aufhält. Sie wollte ihren verbliebenen Urlaub nutzen und ihre Küche renovieren.«

Erwartungsvoll schaut Niklas seine Chefin an. Auf Gesas Stirn zeigen sich bereits Falten vom vielen Grübeln.

Was mach ich bloß?

Sie rollt mit den Augen. »Mensch! Du machst es mir echt nicht leicht!«, schimpft sie, »warum sollte ich zögern, den Bruder deiner Freundin festzunehmen? Mit hoher Wahrscheinlichkeit hat er zwei Menschen umgebracht.«

»Aber sicher ist es nicht«, widerspricht Niklas.

»Nicht einmal sein Motiv ist eindeutig. Im Gegenteil, Sören ist gerade glücklich in seiner Beziehung und wollte die neue Freundin sogar mitbringen, als ich bei der Familie eingeladen war.«

»Moment! Ich denke, der hat alle naselang eine andere, weil er den Tod seiner Tessa immer noch nicht überwunden hat. Das hast du uns gestern Abend selbst erzählt, nachdem Lisa uns das Foto gezeigt hat und du endlich von der Toilette zurückgekehrt warst.«

»Ja, stimmt«, gesteht Niklas ein, »so hat es seine Mutter vermutet, das muss ja nicht stimmen.«

»Ach, auf einmal?«

Doch Niklas gibt nicht auf: »Ohne meine privaten Informationen hätte ich niemals vermutet, dass es sich bei den eingegrabenen Personen auf dem Foto um die vor fünfzehn Jahren auf Fuerteventura ertrunkenen Freunde von Sören Hussmann handelt. Dann würdest du ihn jetzt auch nicht vorläufig festnehmen können.«

Gesa lächelt nachsichtig.

»Ja, gut. Unentschieden, schlauer Lux«, sagt sie und holt sofort zum Gegenschlag aus: »Aber meine Entscheidung basiert inzwischen auf Fakten! Deine Befürchtung von gestern hat sich heute Morgen nämlich endgültig bestätigt. Es handelt sich auf dem Foto um genau den Strandabschnitt, an dem zwei junge deutsche Urlauber vermisst und am nächsten Morgen tot ans Ufer gespült wurden. Beide waren ertrunken. Die Nachprüfungen von Lisa und Stefan haben ergeben, dass es sich bei den Toten um Tessa Waldschmidt und Hendrik Schwarz handelt.«

»Ich weiß«, murmelt Niklas, »verdammte Schei…

Ich habe die Unfallakten inzwischen auch überflogen. Auf den Passfotos waren dieselben Personen wie auf dem Gruppenfoto, das mir Swantjes Mutter gezeigt hatte. Ich sehe das Bild der Clique vor mir: Sören Arm in Arm mit seiner damaligen Freundin und seinem besten Freund. Es ist sehr gut möglich, dass er ihren Tod rächen wollte.«

Gesa unterbricht Niklas jetzt: »Falls die zwei wirklich durch Fremdverschulden ums Leben kamen, war es wohl keine Absicht«, sagt sie, »der Lehrer Roloff schrieb in dem Brief an seinen anwaltlichen Freund von einem Unfall, einer Dummheit, die er beging und die zwei junge Menschen das Leben kostete.«

»Meine Hypothese wäre«, antwortet Niklas und übersieht dabei geflissentlich, dass Gesa mit dem Finger zum Sparschweinchen auf ihrem Schreibtisch zeigt.

Er hat Hypothese gesagt.

»Meiner Meinung nach«, beginnt Niklas seinen Satz jetzt noch einmal, »haben Piet Schöller und Volker Roloff die beiden am Ufer zu fest eingegraben. Bestimmt war alles zuerst nur eine Gaudi. So etwas habe ich mit meiner Zwillingsschwester im Urlaub auch öfter gemacht. Aber wenn der Sand sehr feucht und fest ist und du bis zum Hals tief drinsteckst, kommst du ohne Hilfe schlecht allein raus. Vielleicht sind Piet Schöller und Volker Roloff einfach weggegangen, nachdem sie ihr Werk vollendet hatten, ohne Tessa und Hendrik wieder herauszuhelfen, und irgendwer hat die Szene kurz vorher noch fotografiert.«

»Das scheint mir auch am plausibelsten«, bestätigt Gesa.

Niklas klopft jetzt energisch mit dem Zeigefinger auf den Computerausdruck des alten Fotos vor sich: »Wir müssen die Person, welche dieses Bild geschossen hat, unbedingt finden!«, meint er zu Gesa. »Er oder sie ist ein wichtiger Zeuge.«

»Genau. Lisa hat bereits eine Bildersuche im Internet laufen. Vielleicht findet sie Hinweise in einem Account in den sozialen Medien oder auf einer Homepage«, hofft Gesa, »Lisa glaubt ja, Sören rächt sich deshalb so viele Jahre später, weil er das Foto erst vor Kurzem im Netz gefunden hat.«

»Sehe ich genauso.« Niklas fährt sich mit der Hand durch seine dichten, dunkelblonden Haare. »Leider wissen wir nicht, wer außer Sören mit auf Fuerteventura war. Andere Freunde oder einer seiner Brüder vielleicht? Waren die mit am Strand?«, fragt er Gesa.

»Sören war gemäß den alten Akten an dem Unglückstag selbst nicht am Strand. Er hatte einen Magen-Darm-Infekt. Erst als die beiden abends nicht in die gemeinsame Ferienwohnung zurückgekehrt waren, hat er sie gesucht. Von anderen Freunden oder Verwandten stand in den Akten nichts geschrieben. Das werden wir ihn auf jeden Fall fragen.«

Niklas überkommen erneut Zweifel. »Ist es überhaupt noch nachweisbar, dass die beiden jungen Leute ertrunken sind, weil sie sich nicht allein wieder freibuddeln konnten?«, fragt er Gesa. »War da niemand weiter am Strand? Die müssen doch um Hilfe gerufen haben.«

»Ich habe heute Morgen einen Sachverständigen vom Meteorologischen Institut in Kiel beauftragt«, erklärt Gesa ihm. »Der kennt sich mit den Gezeiten an dem Strandabschnitt auf Fuerteventura bestens aus und wird alles mit den Wetterverhältnissen von damals abgleichen.«

Niklas nickt anerkennend. »Ich hoffe, wir können die Sache noch aufklären«, antwortet er, »vielleicht sind die beiden auch einfach so ertrunken und es war ein normaler Badeunfall.«

»Glaube ich nicht!«, widerspricht Gesa heftig. »Denk mal an den Brief des Lehrers! Er hatte ein schlechtes Gewissen und ist genau wie unser anderes Mordopfer, Schöller, am Strand vergraben worden. Der Tod der beiden hat für mich etwas Symbolisches. Wie beim Ertrinken starben sie durch Atemlähmung, auch wenn diese durch ein Medikament hervorgerufen wurde.«

Niklas stellt Gesas Kaffeetasse mit Schwung auf dem Tisch ab. »Das mag ja alles sein!«, ruft er. »Aber wir spekulieren! Dabei müsste ich Swantje nur einmal kurz zu der alten Geschichte befragen und schon wären wir um einiges schlauer.«

»Wenn sie dir die Wahrheit darüber erzählt«, meint Gesa und lehnt sich in ihren Stuhl zurück.

»Das würde ich merken. Vertrau mir, Gesa, bitte!«

Niklas schaut sie flehend an.

Gesa stöhnt leise in sich hinein. Sie knetet nervös ihre Finger.

Ich werde es bereuen.

»Spätestens in sechzig Minuten erwarte ich deinen Anruf«, sagt sie plötzlich.

»Danke, Gesa!« Niklas springt vom Tisch auf. Fast hätte er seine Chefin umarmt.

»Vergiss die Autoschlüssel nicht«, murmelt sie und

trinkt jetzt Niklas' restlichen, kalten Kaffee aus. »Oberste Schublade in meinem Schreibtisch.«

Ich bin so bescheuert.

48. Kapitel

»Niklas! Das ist ja eine Überraschung!«, ruft Swantje.

Sie glaubt ihren Augen nicht zu trauen, als sie ihm in einem mit Farbe bespritzten Overall die Wohnungstür öffnet. »Komm rein!«, sagt sie. »Willst du mir helfen?«

Niklas küsst sie flüchtig auf den Mund. Der ist als Einziges in ihrem Gesicht noch frei von weißer Wandfarbe.

»Nein, leider nicht«, antwortet er.

Swantje sieht ihn nachdenklich an.

Er ist gestresst. Seine Augen schauen traurig.

Sie schält sich mit ein paar Handgriffen aus ihrem durchsichtigen Einmalanzug und wirft ihn auf den mit Zeitungspapier ausgelegten Dielenboden.

»Warum bist du hier?«, fragt sie.

»Lass uns ins Wohnzimmer gehen!«, bittet Niklas. Er watet über das bekleckerte Papier. »Ich habe sehr wenig Zeit und möchte dir ein paar Fragen stellen.«

»Dann bist du dienstlich hier?«

»Ja, leider.«

Er bückt sich, um sich die Schuhe auszuziehen. Swantje streichelt seine Schulter, worauf Niklas leicht zusammenzuckt.

Warum erschrickt er, wenn ich ihn berühre?

Als sie im Wohnzimmer stehen, zieht er sein Handy aus der Hosentasche und schreibt noch schnell eine Nachricht an seine Chefin: »Bin jetzt bei Swantje.«

Swantje beobachtet ihn.

»Musste Gesa kurz schreiben«, murmelt er.

»So schlimm?«, fragt sie gereizt. »Ich wüsste nicht, was ich verbrochen habe, außer, dass ich dir meinen stalkenden Ex-Freund verschwiegen habe. Was erstens mein gutes Recht ist und zweitens eine Sache zwischen dir und mir.«

Na, das fängt ja gut an.

Niklas reagiert nicht auf ihren Vorwurf. Er lässt sich in einen der zwei Sessel fallen, die um Swantjes Couchtisch stehen, und bittet sie, ebenfalls Platz zu nehmen.

»Es geht nicht um dich und mich, sondern um die beiden Morde, die wir aufzuklären haben.«

»Also kommst du wegen Steven Meyer!« Swantje lacht. Es klingt gekünstelt.

»Deine Chefin ist eine schlechte Verliererin. Mein Mandant ist unschuldig. Kein Haftrichter der Welt wird ihren Argumenten folgen. So ein schwammiges Motiv habe ich selten gehört … ph!«, Swantje schürzt kampfeslustig ihre Lippen. »Das hatte ich ihr im Nullkommanichts zerpflückt. Steven ist ja inzwischen auch wieder frei.«

Niklas hat seiner Freundin verwundert zugehört.

Warum ist sie gleich so biestig?

Was hat sie gegen Gesa?

»Nun komm mal runter vom hohen Ross, Frau Anwältin«, entgegnet er verärgert. »Du irrst dich übrigens. Ich bin nicht wegen Steven Meyer hier. Aber bevor wir weiter Raten spielen, lass mich endlich zu Wort kommen.«

Swantje ist ihr Gefühlsausbruch peinlich.

Wie unprofessionell.

Er muss denken, ich hab was gegen seine Chefin.

»Tut mir leid. Frag ruhig. Du hast ja wenig Zeit, sagtest du.«

»Swantje, erzähl mir bitte alles, was du über den Unfall auf Fuerteventura weißt! Deine Mutter sprach davon, dass Sörens Freundin und sein bester Freund dort ertrunken sind.«

Swantje reißt ihre großen Augen noch weiter auf. »Tut mir leid, Niklas, ich verstehe dich nicht«, beschwert sie sich, »du erklärst mir, dass du wegen eurer Mordermittlung zu mir kommst, und nun willst du etwas über ein lange zurückliegendes Unglück von mir erfahren, bei dem ich gar nicht vor Ort war. Aber natürlich kannte ich Tessa und Hendrik gut. Sie gehörten ja zu unserer Clique.«

»Waren noch mehr von euch mit auf der Reise?«

»Nee, Sören ist allein mit den beiden in den Urlaub. Mein damaliger Freund Kai, du hast ihn ja inzwischen kennengelernt, hat sich nicht so gut mit Sören verstanden, deshalb sind wir zu Hause geblieben. Torben, mein ältester Bruder, hatte zu dem Zeitpunkt in Hamburg studiert und steckte in den Prüfungsvorbereitungen. Jörn gehörte sowieso nicht zu unserer Clique.«

Niklas nickt.

Na bitte, es geht doch.

»Was hat Sören denn berichtet? Wie ist denn das schreckliche Unglück passiert?«

»Sören! Berichtet?«, ruft Swantje empört aus. »Der war am Boden zerstört. Wir waren froh, wenn er etwas gegessen oder getrunken hat. Er hat Jahre nicht mit uns darüber geredet. Auf Tessas Beerdigung ist er zusammengebrochen.«

»Aber inzwischen hat er euch etwas erzählt?«, hakt Niklas nach.

»Ja. Seine Gefühlswelt ist ins Gegenteil umgeschlagen. Er hat die Liebe mit Liebe betäubt, hat er mir mal nach zwei Flaschen Wein verraten. Aber warum fragst du ihn nicht selbst?«

»Das werden wir noch. Mir war wichtig, zuerst deine Meinung zu hören.«

»Niklas?« Swantje steht von ihrem Sessel auf und kniet sich vor Niklas hin. Sie greift nach seinen Händen. »Glaubst du etwa, Sören hat etwas mit den Morden zu tun?«

»Du weißt, dass ich darüber nichts erzählen darf.«

Swantje wird knallrot im Gesicht. »Du und deine Chefin habt also versucht, mich auszuhorchen, bevor ihr euch Sören vornehmt?«

Sie steht wieder vom Boden auf.

»Das ist so schäbig!«, schreit sie Niklas an. »Ich habe ja schon gesagt, Hauptkommissarin Bähr ist eine schlechte Verliererin. Nur weil Sören ein Freund des mordverdächtigen Steven Meyer ist, gerät er jetzt selbst ins Visier ihrer provinziellen Ermittlungen.«

»Swantje, reg dich bitte wieder ab! Gesa arbeitet alles andere als provinziell und es war allein meine Idee, mit dir zu reden. Ich habe sie darum gebeten.«

Swantje setzt sich wieder in ihren Sessel. Ihr Herz pumpt laut vor Aufregung.

Einen Kriminalkommissar als Freund – das passt nicht. Ich hätte auf unseren Ältesten, Torben, hören sollen.

Sie grübelt.

»Der zweite Tote, dieser Lehrer, der wurde doch am Sonntagmorgen gefunden. Sein Todeszeitpunkt soll Freitagabend bis etwa Mitternacht gewesen sein. Habe ich in den Akten gelesen, als ich Steven Meyer vertreten habe …«

»Worauf willst du hinaus, Swantje?«, fragt Niklas irritiert.

»Ich erledige eure Arbeit«, antwortet sie schnippisch. »Am Freitagabend waren wir doch beide am Strand. Erinnerst du dich an den Sonnenuntergang?«

Niklas nickt stumm.

Ja, und ich erkenne dich gerade gar nicht wieder.

»Ich hatte doch eine Nachricht auf meinem Handy erhalten. Die alte Geschichte … habe ich zu dir gesagt.«

»Ja, und?«

»Zu dem Zeitpunkt war Sören in meinem Auftrag in Hamburg bei Kai. Der alte Junggeselle lebt immer noch in einer WG und Sören hat im freien Zimmer seines Mitbewohners übernachtet.«

»Ich denke, die beiden können sich nicht leiden.«

»Gut zugehört, Herr Kommissar! Dem ist auch so. Sören sollte an Kais Computer etwas überprüfen und gegebenenfalls löschen.«

»Etwas, was dich kompromittieren würde?«

»Erraten. Kai hat dafür Geld von mir erhalten. Sören hat es ihm gebracht.«

»Das heißt, der Dreckskerl hat dich nicht nur gestalkt, sondern auch erpresst?«

Über Swantjes Gesicht kullern dicke Tränen und vermischen sich mit den Farbspritzern auf ihrer Haut.

Niklas geht zu ihr und tupft ihr mit seinem Taschentuch über die heißen Wangen. Er küsst sie.

»Verstehst du, Niklas«, flüstert sie in seinen Armen, »Sören war zur Tatzeit in Hamburg. Er kann nicht euer Mörder sein.«

Niklas nimmt ihr Gesicht zwischen seine Hände. »Glaub mir, Swantje, ich wünsche mir nichts mehr als das«, sagt er heiser. »Aber du bist doch eine kluge Frau und Anwältin. Wir werden Sörens Alibi überprüfen müssen.«

Swantje schnieft laut. »Natürlich verstehe ich das. Was ich allerdings immer noch nicht nachvollziehen kann, ist, warum mein Bruder überhaupt ein Alibi benötigt.«

»Verständlich, mein Engel«, sagt Niklas sanft. »Es ist nicht, weil er Steven Meyer kennt. Wir haben unsere Gründe.«

»Okay, ich frag nicht weiter nach. Falls ihr ihn vernehmt, werde ich ihm anwaltlich beistehen und bekomme ohnehin Akteneinsicht.«

Niklas verdreht die Augen.

»Muss das sein? Meine Chefin bekommt die Krise.«

Sein Handy klingelt auf dem Couchtisch.

»Ja, hallo, Gesa! Ich weiß, die Zeit ist um. Ich bin auch fertig und werde dir gleich berichten.«

Er legt auf.

»Swantje, du darfst deinen Bruder nicht über unser Gespräch informieren.«

Swantje wischt sich die restlichen Tränen mit dem Handrücken ab.

»Vertraust du mir etwa nicht, Niklas?«, erwidert sie empört.

Niklas zuckt hilflos mit den Achseln.

»Kann ich das denn? Als Kai um mein Haus geschlichen ist, hast du mich auch angelogen …«

Swantje hebt die Finger zum Schwur: »Das passiert ab heute nie wieder. Versprochen.«

Niklas sieht Swantje zweifelnd an.

»Aber wirklich!«, bittet er. »Ich verspreche dir dafür auch, dass ich als Erstes Sörens Alibi überprüfen werde. Bitte schicke mir gleich die Kontaktdaten von deinem Ex-Freund auf mein Handy.«

»Mach ich sofort. Nun zisch aber los!«, Swantje stupst ihn an. »Deine Chefin wartet doch.«

Niklas stutzt kurz.

Sehe ich da etwa ein verstecktes Grinsen um ihre Mundwinkel?

Sie mag Gesa wirklich nicht.

»Tschüs, Swantje. Ich vermisse dich jetzt schon«, sagt er und verlässt eilig ihre Wohnung.

49. Kapitel

Noch während seiner Rückfahrt in die Dienststelle nach Laboe hat Niklas Swantjes Ex-Freund auf dessen Handy angerufen. Zu seiner Verwunderung hält sich Kai Bauer gerade in Laboe auf. Er verbringt angeblich ein paar freie Tage an der Ostsee.

Während Niklas das Ortseingangsschild passiert, überlegt er kurz.

Ob der Mann ahnt, mit wem er vorhin telefoniert hat?

Spätestens wenn er mich sieht, weiß er es.

Dieser miese Spanner!

Niklas bekommt Magengrummeln, wenn er daran zurückdenkt, wie Kai Bauer ihn und Swantje durch das Terrassenfenster beobachtet hat.

Der kann sich frisch machen.

Ich könnte ihn wegen Hausfriedensbruchs drankriegen.

Von wegen, er hat den Drachen seines Sohnes gesucht …

Der achtunddreißigjährige, selbstständige Finanzberater hat weder Frau noch Kinder, das hat Swantje Niklas noch kurz in einer SMS geschrieben. Niklas soll ihn aber auf keinen Fall wegen der Sache an seinem Haus ansprechen.

Na gut, denkt er. Wenn Swantje es so möchte.

Die Erpressung werde ich jedoch nicht dulden.

Das hat ein Nachspiel.

Aber alles zu seiner Zeit.

Erst einmal ist Kai Bauer ein wichtiger Zeuge.

Als Niklas mit dem Opel in die Parkbucht vor der Dienststelle einbiegt, sieht er Gesa auf dem Treppenabsatz vor dem Hauseingang stehen und winken.

Sie wird sich ärgern.

Sören ist auch nicht unser Doppelmörder.

Swantje würde mir ja niemals so dreist ins Gesicht lügen.

»Moin, Niklas!«, ruft die Hauptkommissarin ihm von der Treppe entgegen. »Der Zeuge Bauer sitzt schon im Vernehmungszimmer, du kannst gleich mit unten im Erdgeschoss bleiben.«

»Mach ich«, sagt Niklas.

Er ist erschöpft, aber halbwegs zufrieden. Das gefürchtete Gespräch mit Swantje war emotional, hat aber ein gutes Ende gefunden.

»Na, deine Augen leuchten ja wieder«, meint Gesa zu ihm.

Doch sie bleibt weiterhin skeptisch.

Der Lux hat doch die rosarote Brille auf.

Schon manch tapferer Seemann ist wegen der Liebe vom rechten Kurs abgekommen und auch ein Kriminalkommissar ist da nicht frei von Irrungen.

Hoffentlich hat ihn seine Swantje mit ihrem Sirenengesang nicht vollkommen eingewickelt, denkt Gesa.

Ihr Bruder muss der gesuchte Mörder sein.

Alle Puzzlesteine passen.

Endlich können wir die Ermittlungen abschließen.

Gesa ist mächtig unter Druck, denn ihr Vorgesetzter, Hauptkommissar Zimmermann, hat, während Niklas bei seiner Freundin war, in der Dienststelle angerufen.

Der Meerjungfrauen-Kostümwettbewerb muss nächste Woche Samstag wie geplant stattfinden, hat er gefordert. Gesa hat diesen vorerst abgesagt. Aus Pietätsgründen und weil die Teilnehmerinnen ja im Prinzip im Fall des ermordeten Fotografen erst einmal alle verdächtig waren.

Jutta Petersen von der Gemeindeverwaltung musste das Verbot zähneknirschend akzeptieren. Sie lässt die Vorbereitungen aber weiterlaufen, denn der Termin ist ja nur auf unbestimmte Zeit verschoben worden, hat sie Gesa erklärt.

Wahrscheinlich hat sich die ehrgeizige Jutta hinter meinem Rücken in Kiel beim Innenministerium beschwert …

Anders kann sich Gesa den Anruf von Zimmermann nicht erklären.

Was hat der mit den Meerjungfrauen zu schaffen?

Gedankenversunken schaut sie in Richtung Hafen.

»Kann es jetzt losgehen?«, fragt Niklas, der neben ihr auf dem Treppenabsatz steht und wartet. »Danke, dass du so schnell eine Befragung organisiert hast.«

»Alles gut. Der Raum war frei. Du, der Kai Bauer ist übrigens sehr freundlich. Er will uns unterstützen, hat er versichert.«

»Ein krummer Hund ist das! Ein Erpre…« Niklas beißt sich auf die Zunge.

Ich muss meine Gefühle im Zaum halten.

»Du bist doch nicht etwa voreingenommen?«, bohrt Gesa sofort nach. »Sonst nehme ich Stefan mit in die Befragung.«

»Nein! Nein! Entschuldige. Ich bin völlig neutral.«

»Niklas!«, ermahnt sie ihn. »Es geht im Moment nur darum, zu prüfen, ob Sören Hussmann am Tatabend bei Kai Bauer in Hamburg war und dort auch übernachtet hat. Wenn nicht, nehme ich den verdächtigen Bruder deiner Freundin sofort fest«, warnt Gesa Niklas.

»Ja, was denn sonst«, antwortet er mürrisch und steckt die Hände in die Hosentaschen.

Irgendwie kann er nicht verhindern, dass sich seine Finger gerade zur Faust ballen.

50. Kapitel

»Herr Bauer, sind Sie sicher, dass Sören Hussmann Sie an dem besagten Freitag nicht besucht hat?«, fragt Gesa den lasziv auf seinem Stuhl sitzenden Kai Bauer. »Sie wissen schon, dass bei uns nur die Wahrheit zählt. Ich habe Sie zuvor belehrt.«

»Selbstverständlich, Frau Hauptkommissarin«, antwortet er mit fester Stimme. »Aber beim besten Willen erinnere ich mich nicht daran, dass Sören am letzten Freitag bei mir in Hamburg war, nicht am Abend und schon gar nicht über Nacht.«

Niklas dreht sich zur Seite und flüstert Gesa ins Ohr: »Er lügt. Können wir kurz draußen reden?«

Gesa stöhnt innerlich.

Warum will er es nicht wahrhaben?

Seine Swantje wollte nur Zeit gewinnen.

Sie will ihren Bruder schützen und wird ihn warnen.

Verdammter Möwenschiss!

»Herr Bauer, wir unterbrechen kurz die Befragung. Trinken Sie so lange einen Kaffee!«

Gesa zeigt auf die Thermoskanne auf dem Tisch: »Bedienen Sie sich!« Dann steht sie auf und geht zur Tür. Niklas folgt ihr, nicht, ohne dem Zeugen zuvor tief in die Augen zu sehen.

Kai Bauer beantwortet seine Blicke mit einem breiten Grinsen.

Daraufhin schließt Niklas die Tür geräuschvoller hinter sich zu als sonst.

Ich könnte dem eine in die Fresse hauen.

»Was ist denn mit dir los?«, fragt Gesa ihn auf dem

Flur. Sie zieht ihn verzweifelt am Arm: »Warum kannst du seine Aussage nicht annehmen, wie sich das für einen gestandenen Oberkommissar gehört?«

»Weil ich glaube, dass er lügt.«

»Es ist egal, was du glaubst. Wenn der Zeuge lügt, dann werden wir es später herausbekommen. Aber das Alibi für Sören Hussmann ist erst einmal hinfällig. Mir reicht es. Ich lasse den Hussmann jetzt vorläufig festnehmen. Es besteht ein dringender Tatverdacht, Verdunklungsgefahr und Fluchtgefahr …«

Gesa schnaubt wütend, während sie Luft holt: »Wenn ich mir überlege, wie schnell wir unsere anderen Verdächtigen in die U-Haft gebracht haben, dann versteht kein Mensch, weshalb ich den Bruder deiner Freundin mit Samthandschuhen anfassen sollte. Es sei denn, ich würde persönliche Klüngeleien unterstützen, und das wäre wirklich das Letzte, was man mir nachsagen darf.«

Niklas verzieht enttäuscht das Gesicht. Er weiß, dass Gesa recht hat.

Ich muss ihr von der Erpressung erzählen.

Auch wenn ich Swantje versprochen habe, es nicht zu tun.

»Kai Bauer lügt, damit seine Erpressung nicht ans Licht kommt. Wenn er zugibt, dass er Sören getroffen hat, gibt er indirekt auch den Grund des Besuchs zu.«

»Und der wäre?«, Gesa schaut Niklas wütend an. »Schön, wenn ich den auch endlich erfahre. Warum hältst du Informationen vor mir zurück?«

»Swantje wollte es nicht …«

»Niklas, hast du den Verstand verloren?«

»Es ist ihr gutes Recht«, wehrt er sich. »Der Typ hat sie erpresst und Geld von ihr verlangt, das ihr Bruder

Sören ihm am Freitag gebracht hat. Dafür sollte er Zugang zu Kai Bauers Computer erhalten, um zu prüfen, ob der alles gelöscht hat, was Swantje kompromittieren könnte.«

»Worum geht es denn? Daten, Bilder, Videos, Briefe, Chatverläufe, Kontoauszüge …« Gesa atmet während ihrer Aufzählung nicht und wird vor Ärger ganz rot im Gesicht.

Verdammt, denkt Niklas. »Das weiß ich, offen gesagt, gar nicht«, gesteht er ihr kleinlaut.

»Dann brechen wir die Vernehmung jetzt ab«, beschließt Gesa, »Kai Bauer wird sich nicht selbst belasten und vielleicht später von seinem Aussageverweigerungsrecht Gebrauch machen. Das hättest du doch ahnen können, Niklas! Schon möglich, dass er lügt, aber um das herauszubekommen, bedarf es weiterer Recherchen. Wir müssten auch Swantje Hussmann befragen. Das heißt ich beziehungsweise die Kollegen.«

»Ich weiß«, brummt Niklas, »aber ich könnte prüfen, ob noch jemand Sören Hussmann zur Tatzeit in Hamburg gesehen oder getroffen hat.«

»Na, bitte, dein Kopf funktioniert doch wieder! Also hoch damit und ran an die Arbeit! Der Zeuge, den du zu Hussmanns Entlastung angeschleppt hast, taugt nun wirklich nichts.« Gesa boxt ihm in die Seite. »Vielleicht hat Sören Hussmann selbst etwas Kluges zu seiner Verteidigung zu sagen und kann uns andere Zeugen für seinen Besuch in Hamburg nennen. Aber dafür müssten wir ihn natürlich erst einmal vernehmen. Wir haben schon genügend Zeit verplempert.«

»Ich hab's ja verstanden«, murmelt Niklas, »wir werden Sören vorläufig festnehmen.«

Gesa nickt heftig. »Hoffentlich ist es noch nicht zu spät. Bitte ignoriere die Rolle seiner Schwester nicht völlig. Hast du einmal darüber nachgedacht, dass Swantje sein Alibi erfunden hat, um Zeit herauszuschinden? Womöglich ist der Hussmann inzwischen getürmt.«

Niklas wird blass.

Sollte ich mich so getäuscht haben?

51. Kapitel

Swantje steht mit einem Rotweinglas auf dem Balkon des im 10. Stock liegenden Apartments ihres Bruders und schaut in den Abendhimmel.

»Schön hast du es hier, so dicht am weißen Strand von Kalifornien. Ich wusste gar nicht, dass du dir eine Wohnung gekauft hast.«

»Einen Rückzugsort braucht der Mensch ja. Auf unserem Hof halte ich es nicht sieben Tage und Nächte die Woche aus. Das Apartment ist allerdings nur gemietet. So viel Geld habe ich nicht. Du weißt doch, wie knausrig der Vater ist. Spare in der Zeit, so hast du in der Not, ist seine Devise.«

Swantje lehnt sich an Torbens Schulter. »Danke, dass ich heute Abend bei dir sein kann.«

»Ist doch selbstverständlich. Ich würde den Kommissar auch zum Mond schießen. Wie er und seine Truppe Sören unter dem Trecker hervorgezerrt haben … ich dachte, ich bin im falschen Film, als ich zufällig in die Werkstatt kam.«

»Waren die grob zu ihm?«, fragt Swantje erschrocken.

»Nee, nee, lief alles korrekt. Sonst wäre ich eingeschritten. Zum Glück waren die Eltern zu einer Versammlung des Bauernverbands gefahren.«

»Ich habe ein schlechtes Gewissen, dass wir Mama und Papa heute Abend allein lassen.«

»Jörn ist bei ihnen. Der macht das schon«, beruhigt Torben seine Schwester. »Zwischen mir und Vater herrscht sowieso gerade Funkstille und du bist doch Sörens Anwältin und musst morgen früh wieder für ihn da sein.«

»Das werde ich, auch wenn es mir schwerfällt. Dem eigenen Bruder anwaltlich beizustehen ist doch sehr emotional. Heute habe ich erst einmal einen versierten, erfahrenen Kollegen gebeten, mich zu vertreten und mich weiterhin in der Sache zu unterstützen. Er hat nach dem Termin beim Haftrichter kurz bei mir angerufen. Möglicherweise sind die zwei Mordopfer schuld an Tessas und Hendriks Ertrinken vor fünfzehn Jahren. Sören soll es anhand eines Fotos herausbekommen und sie deshalb aus Rache umgebracht haben. So ein Bullshit! Das glaube ich im Leben nicht!«, regt sich Swantje auf. »Diese Hauptkommissarin ist doch völlig verblendet, hat ständig neue Verdächtige. Wahrscheinlich will sie befördert werden …«, schimpft sie weiter, »mein Gespräch mit Niklas war für den Arsch! Ich habe ihm vertraut und ihm erzählt, dass Sören bei dem zweiten Mord zur Tatzeit in Hamburg bei Kai war. Niklas hat versprochen, zuerst Sörens Alibi zu prüfen.«

»Hast du bei Kai nachgefragt, ob die Kripo mit ihm geredet hat?«, will Torben wissen.

»Ich hab's versucht. Der geht nicht an sein Handy und beantwortet keine Nachrichten.«

»Komisch.«

»Ja, finde ich auch. Sonst kann er es gar nicht abwarten, mit mir zu telefonieren.«

»Er ist immer noch hinter dir her. Hört das denn nie auf?«

Swantje fängt an zu weinen.

»Schwesterchen!« Torben nimmt sie in den Arm. »Komm, lass uns hineingehen, du wolltest mir doch bei der Beantwortung der Briefe helfen. Das lenkt uns beide ab.«

»Stimmt. Es tut mir leid, dass unser Vater so eine unverschämte Aktion gegen deinen Willen gestartet hat. Dich einfach bei ›Landwirt sucht Herzblatt‹ anzumelden … nicht zu fassen! Wenn man es genau nimmt, hat er Urkundenfälschung begangen.«

»Willst du ihn verklagen?«, Torben lächelt säuerlich und winkt ab. »Du weißt ja, wie er ist. Dass ich so viele Zuschriften erhalte, hätte ich im Leben nicht geglaubt. Es sind auch nur noch ein paar Schuhkartons übrig …«

»Du hast eben Schlag bei den Damen«, sagt Swantje und schaut auf ihren durchtrainierten, ältesten Bruder. Er ist nicht nur genauso groß wie Niklas, sondern auch so athletisch.

»Trainierst du noch im Fitnessstudio?«

»Ja, warum?«

»Na, man sieht es. War denn keine passende Frau unter all den Einsendungen dabei? Ich frag ja nur …«

»Swantje!«, Torbens dunkle Augen funkeln böse. Sie stehen in einem starken Kontrast zu seinen hellen Haaren. »Jetzt fängst du auch noch damit an!«, schimpft er und greift nach seiner Jacke über dem Stuhl.

»Ich geh mal runter zum Zigarettenautomaten. Meine sind fast alle.«

Swantje läuft ihm hinterher.

»Torben, entschuldige, ich hab's doch nicht böse gemeint.«

»Natürlich nicht«, sagt er freundlich, »ihr meint es alle immer nur gut mit mir.«

52. Kapitel

Wo bleibt Torben denn nur?

Vielleicht braucht er kurz seine Ruhe, überlegt Swantje. Er ist schon immer sehr verschlossen und am liebsten für sich. Vor allem, wenn es Probleme gibt, und Sörens Verhaftung ist ein großes Problem für die ganze Familie.

Swantje schaut sich gelangweilt um.

Sie will endlich beginnen.

Ihre Aufgabe ist es, Torben zu helfen, die Adressen der Bewerberinnen auf die leeren Umschläge zu schreiben. Ihr Bruder möchte allen Frauen, ihre Briefe zurückschicken. Er hat einen freundlichen Zweizeiler verfasst und zigmal ausgedruckt, um ihn beizulegen.

Wo hat er denn die Briefe?

Es sollen mehrere Schuhkartons voll sein.

Swantjes Augen wandern durch den Raum und bleiben an dem riesigen Bücherregal hängen, welches eine komplette Wand im Wohnzimmer des Apartments füllt. Torben liest gern, insbesondere philosophische Themen haben es ihm angetan. Von Konfuzius über Platon bis Kant – alle Hauptwerke sind in Torbens Bücherregal zu finden.

Der Vater hätte ihn niemals in die Landwirtschaft zwingen dürfen.

Wahrscheinlich hätte Torben früher doch am liebsten weiter in Hamburg Philosophie studiert.

Obwohl er Swantje stets versichert, dass ihn die Arbeit in der Feldwirtschaft befriedigt. So hat er das Gefühl, dem Kreislauf des Lebens am nächsten zu sein. Etwas zu säen, zu pflegen und zu ernten wäre wenigstens sinnvoll.

Während Swantje über ihren Bruder nachdenkt, entdeckt sie die Schuhkartons in der untersten Reihe des Regals. Sie kniet sich davor und beginnt, diese einzeln herauszunehmen. Einer hat sich unter dem Regalträger verkantet. Sie greift mit der Hand dahinter und schiebt ihn vor.

Puh, da ist aber Staub drauf.

Swantje wischt mit der Hand über den weichen Deckel, der sofort herunterrutscht.

Na gut, dann nehme ich den als Ersten, beschließt sie und stellt den offenen Karton auf den Tisch, neben einen Stapel leerer, weißer Umschläge.

Neugierig betrachtet sie den Inhalt.

Wo sind denn die Umschläge mit den Adressen?

In dem Karton liegen nur handgeschriebene Briefe und Fotos.

Die sind anscheinend schon älter.

Wie hypnotisiert blättert Swantje die vergilbten Briefe durch. Sie kann nicht anders und beginnt zu lesen … immer weiter.

Das ist doch nicht möglich!

Hektisch wühlt sie die Fotos vom Boden des Kartons hervor.

Tatsächlich. Auf den alten Bildern sind Torben und Sörens bester Freund Hendrik zu sehen, der genau wie Tessa auf Fuerteventura ertrunken ist.

Torben und Hendrik waren ein Liebespaar!

Swantje starrt auf die Bilder. Alle scheinen mit Selbstauslöser fotografiert worden zu sein. Die beiden küssen sich, liegen gemeinsam im Bett, am Strand, auf dem Sofa … Torben lacht in die Kamera. Swantje hat ihn noch nie so glücklich gesehen. Plötzlich hört sie, wie die Wohnungstür aufgeschlossen wird.

Torben ist zurück!

In Panik stopft sie die Fotos und Briefe wieder in den Karton und schiebt ihn schnell unter das Sofa neben dem Tisch.

Gerade noch rechtzeitig. Zum Bücherregal wäre es zu weit gewesen.

»Da bin ich wieder!«, ruft Torben und kommt zur Wohnzimmertür herein. »Oh! Du hast bereits angefangen?«

Seine Augen schauen sofort zum Bücherregal, aber er sagt nichts.

»Ich wollte schon mal beginnen«, entschuldigt sich Swantje. »Sorry, ich darf heute nicht zu spät nach Hause fahren.«

Hoffentlich hat er nichts gemerkt.

»Wo ist denn dein Badezimmer, Torben?«, fragt sie, »ich müsste mal schnell. Oder hast du eine Gästetoilette?«

»Nee, so nobel wohne ich nicht. Das Bad ist gleich neben der Haustür links«, sagt er und schaut Swantje misstrauisch an.

Sie springt von der Couch hoch und geht sofort aus dem Zimmer.

Im Badezimmer verriegelt sie die Tür von innen.

Ihr Herz wummert bis zum Anschlag.

Ihre Gedanken überschlagen sich.

Ich muss in Ruhe überlegen.

Vor Aufregung beginnt Swantje zu schwitzen. Sie will ihren Verdacht, dass auch Torben ein Motiv für die Morde hätte, nicht an sich heranlassen.

Wo war er denn zur Tatzeit?

Swantje erinnert sich: Als Sören in Hamburg war, hatte Torben etwas anderes vorgehabt. Eigentlich sollte er Sören als Verstärkung zu Kai begleiten, da Swantje ihrem Ex-Freund nicht traut.

Ich muss Torben fragen.

Ja, mich ganz einfach bei ihm erkundigen, wo er zum Zeitpunkt der beiden Morde war.

Auch an dem ersten.

Für die Tatnacht des ersten Mordes hat Sören kein Alibi. Er lag allein zu Hause im Bett, in seinem Zimmer. Das befindet sich allerdings etwas abseits in einem Seitenflügel des elterlichen Gehöfts. Da Sören nachts oft unterwegs ist, wissen die Eltern nie genau, wann er zu Hause schläft. Deshalb gibt es keine Zeugen.

Hoffentlich hat Torben welche, denkt Swantje und

schämt sich im selben Moment ihrer Gedanken.

Oh, mein Gott, wie verrückt das ist!

Torben ist doch viel zu sensibel.

Der tut nicht mal einem Kartoffelkäfer etwas zuleide.

Plötzlich hört sie die Wohnungstür ins Schloss fallen.

Torben!

Sie riegelt die Badtür auf und will ihm hinterher. Aber Torben hat Swantje in seinem Apartment eingeschlossen. Sie läuft zurück ins Wohnzimmer.

Auf dem Tisch steht der Karton, den sie zuvor eilig unter dem Sofa versteckt hat.

Er ist offen. Daneben liegt einer der leeren Umschläge, die ihr Bruder für die Antwortbriefe an die Frauen vorgesehen hatte. Torben hat hastig ein paar Zeilen auf die Vorder- und Rückseite gekritzelt. Nur mit Mühe kann Swantje den teilweise lückenhaften Text entziffern.

Swantje, du weißt jetzt Bescheid …

Ich konnte nicht anders, … das alte Strandfoto auf der Homepage von einer der Briefschreiberinnen gefunden … trage jetzt die Konsequenzen. Die beiden Männer … mir Hendrik genommen. Sie hätten ihn und Tessa nicht allein lassen dürfen. Die Frau, die das Foto gemacht … hat gehört, wie Hendrik sagte: »Ihr buddelt uns wieder aus, bevor die Flut kommt.« … die Frau ging weiter, war auf einer Kreuzfahrt und nur für eine Stunde an dem Strand … von der Tragödie nichts mitbekommen.

Sören … keinen Tag länger im Gefängnis bleiben müssen. Bei dem Rentner entschuldige ich mich, … musste Verdacht auf ihn lenken, damit ich genug Zeit für die Bestrafung des

Lehrers habe. Ich liebe dich, Swantje, genau wie Sören, Jörn, Mama und Papa, auch wenn … mich nie verstanden habt.
Torben

Tränenüberströmt greift Swantje nach ihrem Handy. »Niklas!«, schreit sie verzweifelt, als er sich von zu Hause meldet, »ihr müsst meinen Bruder suchen! Ich habe Angst, dass er sich etwas antut.«

»Swantje, hast du getrunken? Du bist ja völlig durcheinander. Sören ist in Kiel in der U-Haft. Es geht ihm gut.«

»Es geht nicht um Sören. Torben ist der gesuchte Doppelmörder.«

Niklas verschlägt es kurz die Sprache.

Er ist sich sicher, dass Swantje gute Gründe für diese Behauptung hat.

»Wo bist du?«, fragt er.

»Ganz in deiner Nähe, in dem Holmer Apartmenthaus, in Torbens Wohnung. Er hat mich eingeschlossen«, schluchzt sie.

»Bin schon auf dem Weg und in zehn Minuten bei dir«, verspricht Niklas und legt auf.

Wo ist der Werkzeugkoffer?

Er läuft aus dem Haus zum Schuppen.

Dabei ruft er Gesa an.

»Niklas«, sagt sie müde, »ich kann doch nicht einfach eine Großfahndung nach Torben Hussmann veranlassen. Wie kommt deine Freundin zu dieser Behauptung? Erst ist es der eine Bruder nicht und nun soll es der andere gewesen sein? Spielt sie Katz und Maus mit uns? Vergiss nicht, sie ist Sören Hussmanns Anwältin und darf eigentlich gar nicht mit dir über den Fall reden.«

»Hat sie auch nicht«, erwidert Niklas bockig, »sie hat einen Notfall gemeldet. Eine suizidgefährdete Person befindet sich auf der Flucht. Ich nehme an, Torben hat ihr die Morde gestanden.«

»Hat sie das gesagt?«

»Na, nicht direkt«, antwortet Niklas, während er sein Rennrad aus dem Schuppen holt. »Ruf sie doch an, Gesa, und frag sie selbst«, schlägt er vor. »Du hast ja ihre Nummer. Ich fahre jetzt zu ihr und befreie sie erst einmal aus der Wohnung, sind ja nur ein paar Minuten mit dem Rad.«

»Ja, gut, ich rufe sie gleich an«, willigt Gesa ein, »und werde prüfen, was an der Sache dran ist. Ich kann doch nicht schon wieder einen Verdächtigen so mir nichts, dir nichts zur Fahndung ausschreiben …«

»Danke, Gesa. Bis später«, sagt Niklas und tritt in die Pedale.

Swantje, Swantje, denkt er, was machst du nur mit mir?

Wenn das falscher Alarm ist, kündigt mir die Bähr endgültig die Freundschaft.

Eine Woche später

Freitag

53. Kapitel

»Moin, zusammen!«, begrüßt Gesa ihr Team, während sie die Tür zum Großraumbüro hinter sich schließt.

Lasse kommt schnell unter dem Empfangstresen hervorgekrochen. Er ist gerade dabei, den alten Drucker von der Schutzpolizei zu zerlegen.

»Moin, Chefin«, sagt er, »Hauptkommissar Zimmermann bittet um Ihren Rückruf.«

Gesa schaut zu Lisa und Stefan herüber: »Wissen Sie, was der so früh am Morgen von mir will?«

Lisa verneint und Stefan zuckt mit den Achseln. »Anscheinend sind heute alle eher als üblich an Bord«, vermutet er, »Oberkommissar Lux sitzt auch schon in seinem Büro.«

Oha, denkt Gesa, und das, nachdem er die Tage zuvor frei hatte, um Swantje beizustehen und sie zur Beerdigung ihres Bruders Torben zu begleiten …

Leider konnte Torben Hussmann trotz der sofort eingeleiteten Fahndung nur noch tot aus der Ostsee geborgen werden. Er war mit über drei Promille Alkohol im Blut hinausgeschwommen und ertrunken.

»Wie geht's denn dem Lux?«, fragt Gesa die Kollegen.

Lisa spitzt ihren Mund und pustet hörbar Luft aus.

»Wenn ich es nicht besser wüsste, würde ich sagen, wie immer.«

»Witze macht er ja sonst auch keine«, meint Stefan und fängt sich einen kritischen Blick seiner Chefin ein.

»Was denn?«, fragt er empört. »Ich habe doch nichts Falsches gesagt.«

»Ich werde gleich mal nach ihm sehen«, sagt Gesa. »Geht denn morgen alles klar? Sind alle dabei, beim Meerjungfrauen-Kostümwettbewerb?«

Lisa nickt eifrig.

»Ein anständiges Fußballspiel wäre mir lieber«, mault Stefan, »aber nach alldem, was wir deshalb erlebt haben, lasse ich mir die Veranstaltung jetzt nicht entgehen. Außerdem will ich sehen, wie Iversens Nichte das Ding rockt.«

»Und Sie, Lasse?« Gesa schaut hinter den Tresen, wo Lasse zwischen den Einzelteilen des Druckers hockt.

Er sieht kurz zu ihr hoch: »Ich? Ja, ich bin dabei«, murmelt er beiläufig und setzt den Schraubenzieher an. »Den Kasten bekomme ich garantiert wieder hin«, behauptet er stolz.

Gesa schüttelt staunend den Kopf.

Ich muss den Jungen mal zu mir nach Hause einladen.

Sie denkt an ihren defekten Toaster, das lose Kabel am Raclettegrill und die kaputte Schreibtischlampe ihrer Tochter Svenja.

Svenja habe ich die letzten Wochen kaum gesehen.

Zum Glück hat sie einen neuen Freund und mich nicht vermisst.

Nächste Woche werde ich mich endlich wieder mehr um die

Recherche nach ihrem verschollenen Vater kümmern können. Ich hab's ihr ja versprochen.

Gesa klopft jetzt an die Zimmertür von Niklas' Büro.

»Herein!«, ruft er.

»Moin, Niklas! Schön, dich zu sehen«, sagt Gesa und zieht sich einen Stuhl an seinen Schreibtisch. »Willst du Kaffee?«, fragt sie. »Ich hol uns einen aus der Küche.«

Niklas zeigt auf seine volle Tasse. »Danke, ich hab noch.«

»Dann trink ich meinen später«, sagt Gesa und setzt sich zu ihm. »Erzähl mal! Wie geht's dir und vor allem Swantje?« Sie fasst Niklas vorsichtig an den Arm. »Es tut mir leid, dass ich so misstrauisch war.«

»Schon in Ordnung. Einer von uns beiden musste ja professionell bleiben. Mir ist es diesmal echt schwergefallen«, stöhnt Niklas.

»Abgehakt. Wie geht es der Familie deiner Freundin?«

»Sie werden psychologisch betreut. Torbens Beerdigung hat im ganz engen Kreis stattgefunden. In ihrem Dorf kennt jeder jeden, sie müssen jetzt einiges aushalten. Die Eltern machen sich Vorwürfe, ihren Ältesten nicht genügend unterstützt zu haben.«

»Deshalb muss man aber nicht zum Doppelmörder werden«, meint Gesa.

»Natürlich nicht. Torbens Leben hat eine fatale Entwicklung genommen. In ihm brodelte eine gefährliche Mischung aus Einsamkeit, Verzweiflung und Wut auf die, die er für schuldig an seinem unzufriedenen Leben hielt«, erwidert Niklas. »Er hatte allen seine Liebe zu Hendrik verschwiegen. Die Gründe dafür können wir nur vermuten. Ich kenne die Familie selbst erst seit Kurzem. Als ihm Hendrik genommen wurde, konnte er seinen Schmerz und die Trauer nicht wie Sören in die Welt hinausschreien. Er litt still vor sich hin. Niemand hat ihm beigestanden …«

»Weil es niemand wusste.«

Niklas schaut betroffen an die Wand. »Bei ihm hat sich so viel angestaut! Bis er das Bild in die Hände bekam, glaubte er an einen Unfall …«

»Die Dame, die das Foto gemacht hat, bestätigte es uns«, erzählt Gesa Niklas. »Erst als sie Torben am Telefon sagte, dass die Männer vorhatten, Tessa und Hendrik wieder auszubuddeln, wurde er stutzig und hat ihr Löcher in den Bauch gefragt. Er hat, genau wie wir, die Wetterverhältnisse und Gezeiten von damals überprüft.«

»Ich weiß«, sagt Niklas, »ein Sturm kam auf, und Gewitter. Alle rannten fluchtartig vom Strand. Die Flut hat die beiden Eingegrabenen schnell erreicht. Warum weder Piet Schöller noch der Lehrer zurück sind, um ihnen zu helfen, können wir sie nicht mehr fragen. Vielleicht hatte sich einer auf den anderen verlassen.«

Gesa rutscht auf ihrem Stuhl hin und her.

»Man vermutet inzwischen, dass die Körper von Tessa und Hendrik von der Sturmflut aus dem Sand herausgeschwemmt wurden, sodass es später nach einem normalen Badeunfall aussah«, sagt sie zu Niklas, »obwohl die Version der Polizei von Fuerteventura lautete, dass Tessa und Hendrik zu weit hinausgeschwommen waren und einer von ihnen vielleicht versucht hat, den anderen zu retten …«

»Bist du irgendwie nervös, Gesa?«, unterbricht Niklas sie. »Du zappelt auf deinem Stuhl wie ein Erstklässler.«

Gesa lächelt. »Du merkst auch alles. Ja, ich bin unruhig. Ich soll Zimmermann zurückrufen, und das so früh am Morgen. Der fängt doch seinen aktiven Dienst erst ab dem Mittag an«, schimpft sie, »vorher pflegt er den gesunden Büroschlaf, telefoniert mit seiner Frau, gießt die Kakteen auf der Fensterbank oder liest Zeitung.«

»Gesa!«, Niklas sieht sie verwundert an, »du bist ja gut informiert. Das ist doch alles bösartiger Büroklatsch.«

Gesa schüttelt mit dem Kopf.

»Meine Quellen sind zuverlässig«, behauptet sie, »aber was er jetzt von mir will, das weiß ich wirklich nicht … aber ich ahne es.«

»Wir haben uns immer an die Vorschriften gehalten«, beruhigt Niklas seine aufgebrachte Chefin.

»Darum geht's nicht. Wahrscheinlich ist es wegen der Haftentschädigung für Joachim Steinert und wegen der Kosten für den Polizeigewahrsam von Steven Meyer, Susanne Krauske und Sören Hussmann.«

»Ist nicht wahr?« Niklas schaut Gesa entsetzt an.

»Du kennst den Zimmermann eben nicht gut genug«, erwidert sie. »Der ist so ein Pfennigfuchser. Er wird mir die Ausgaben vorhalten. Es waren ja tatsächlich viele Verdächtige in kurzer Zeit.«

»Ja, Mensch, wie sollen wir denn sonst unsere Arbeit erledigen? Mit angezogener Handbremse? Mir reicht schon der defekte Sitz im Dienstwagen!«, ruft Niklas. Die Zornesader an seinem Hals schwillt auf eine beträchtliche Größe. »Ich werde noch einen draufsetzen und ein Verfahren gegen Kai Bauer wegen Erpressung, Stalking und Irreführung der Behörden anschieben.«

»Langsam, langsam, Niklas! Was sagt denn Swantje dazu?«

»Die muss ich noch überzeugen.«

»Lass ihr etwas Zeit.«

»Ja, du hast recht, das mach ich. Wann geht's denn morgen eigentlich los?«, fragt Niklas, um von dem leidigen Thema abzulenken.

»Ach, kommt ihr auch zum Kostümwettbewerb?«, fragt Gesa. Ihre Augen leuchten.

Niklas verzieht leicht den Mund »Für Swantje ist das gerade nichts«, sagt er, »ich komme allein, Gesa. Ich lass doch das Team nicht hängen.«

»Prima. Lisa und Stefan werden sich freuen. Nachmittags um fünfzehn Uhr beginnt der Einmarsch der Teilnehmerinnen. Wir sollten mindestens eine halbe Stunde vorher da sein, wenn wir gute Plätze haben wollen, hat mir Jutta Petersen von der Gemeindeverwaltung geraten. Die Sitzmöglichkeiten vor der Bühne der Laboeer ›Konzertmuschel‹ sind ja begrenzt.«

»Gut, ich hab's mir im Kopf notiert.«

»Dann lass ich dich jetzt wieder allein, Niklas. Ich hole mir schnell einen Kaffee und rufe endlich Zimmermann zurück.«

»Viel Erfolg, Gesa! Wenn du Beistand benötigst …«

»Ach, Quatsch!«, antwortet sie und geht zur Tür. »Bisher bin ich doch mit jedem Querulanten allein fertig geworden.«

In ihrem Büro wählt Gesa sogleich die Nummer ihres Kieler Vorgesetzten.

»Na, endlich! Frau Hauptkommissarin!«, blafft er am anderen Ende ins Telefon. »Ich hatte um sofortigen Rückruf gebeten …«

Gesa hält den Telefonhörer von ihrem Ohr weg.

»Ich verstehe Sie so schlecht«, schwindelt sie, »unsere veraltete Telefonanlage hat Probleme mit dem Lautsprecher. Der knackt zwischendurch immer mal.«

»Gut, dann will ich es kurz machen. Zuerst möchte ich Ihnen danken, …«

Gesa stutzt.

Hör ich richtig?

»… dass Sie es geschafft haben, den Meerjungfrauen-Kostümwettbewerb zum anberaumten Termin stattfinden zu lassen.«

Ach so.

Ich dachte, weil wir einen Doppelmord aufgeklärt haben.

»Ich hatte der Frau Petersen ja erzählt, dass ich meine Frau an unserem Hochzeitstag damit überraschen will.«

Na klar, Geizhals, der Eintritt ist ja frei.

Deshalb hat Jutta Druck wegen des Termins gemacht.

»Nun bitte ich Sie, liebe Frau Bähr, mir mittig in der ersten Reihe zwei Plätze freizuhalten. Ich weiß nicht, wie schnell wir von Kiel mit dem Auto zu Ihnen durchkommen. Am Samstag ist doch allerhand los. Alle zieht es an den Strand.«

»Das tue ich doch gern, Kollege Hauptkommissar!«, säuselt Gesa. »Wir reservieren Ihnen selbstverständlich die besten Plätze. War es das dann? Sie wissen ja, der schlechte Empfang …«

»Ja, danke, Frau Bähr! Bis morgen!«, verabschiedet sich Hauptkommissar Zimmermann von Gesa.

Sie knallt den Hörer auf das Telefon.

»Uff!«, denkt sie erleichtert und nimmt einen kräftigen Schluck Kaffee.

Diese besonders wichtige Aufgabe werde ich gleich an Stefan und Lisa weiterleiten.

Samstag

54. Kapitel

Gesa schaut auf ihre Armbanduhr.

In zehn Minuten geht's los.

»Meine Güte, Jutta hat sich aber in Schale geworfen«, flüstert sie ihrer Banknachbarin Trude ins Ohr, als sie die Verantwortliche für den Meerjungfrauen-Kostümwettbewerb vor der Bühne umherflitzen sieht. Sie umarmt Trude neben sich und drückt sie überschwänglich. »Ich bin so froh, dass du wieder auf dem Damm bist, Trudchen.«

»Kein Wunder! Ich hatte zu Hause eine hervorragende Betreuung«, lobt Trude. Sie greift an den Bund ihres hellen Sommerrocks. »Schau mal, wie eng der sitzt! Carlo hat mich gemästet. Meine Kühltruhe ist halbleer. Zum Glück koche ich immer viel vor und er musste alles nur aufwärmen. Kochen ist nicht sein

Ding, hat er mir verraten. Das hat seine Inge früher immer getan. Kenn ich doch, bei mir und Kurt war das genauso.«

»Wollte Carlo denn heute nicht mitkommen?«, fragt Gesa. Sie selbst hatte Niels von Isenberg überzeugen können, dass es keine gute Idee sei, wenn ihr Vorgesetzter Zimmermann sie zusammen sieht.

»Nee«, meint Trude, »das ist beim besten Willen nichts für ihn, hat Carlo gesagt. Aber deine Mannschaft ist ja vollständig versammelt«, stellt sie anerkennend fest.

»Einer fehlt«, antwortet Gesa zerknirscht. »Unser Polizeischüler Lasse.«

»Ach, daher die zwei leeren Plätze zwischen Lisa und Stefan. Bringt euer Lasse noch 'ne Freundin mit?«

»Die freien Sitze sind für Hauptkommissar Zimmermann und seine Frau.«

»Wer ist dat denn?«, wundert sich Trude. »Von hier ist der nicht.«

»Er ist mein Vorgesetzter. Von der Bezirkskriminalinspektion Kiel«, erklärt Gesa ihr.

»Herrjemine, so ein hoher Besuch!« Trude schmunzelt verstohlen.

Sie stößt Gesa in die Seite. »Hast du dich deshalb weiter nach hinten zu mir gesetzt und nicht zu deinen Leuten, Gesa? Niklas hat mir nämlich einen Korb gegeben und sich entschuldigt, er müsse vorn, bei den anderen sitzen.«

Gesa lacht. »Trudchen, du hast wirklich Talent als Detektivin. Aber verpetze mich bitte nicht«, bittet sie.

»Sieh mal, da, Trude! Da kommt er, unser Zimmermann – händchenhaltend mit der Göttergattin.«

»Kannst du ihn nicht leiden, Gesa?«

»Na, so würde ich es nicht bezeichnen.«

Es ist viel schlimmer.

Hauptkommissar Zimmermann gibt Lisa und Stefan höflich die Hand und stellt den beiden seine Frau vor.

»Setz dich, Elisabeth«, sagt er zu ihr. »Die Blumen kannst du mir geben.« Er nimmt ihr den Strauß roter Rosen ab. Nachdem er neben Stefan Platz genommen hat, reicht er diesen sofort an den verdutzten Kriminalmeister weiter. »Wir haben heute Hochzeitstag«, erklärt er ihm, »bitte halten Sie den Strauß so lange fest. Ich möchte später fotografieren, da stört er mich.«

Stefan rollt heimlich mit den Augen.

Wenn mich die Fußballkumpels so sehen.

Die denken, ich bin ein Rosenkavalier auf Brautschau.

Vossi, der neue Bachelor, werden sie lästern.

Er versucht, die Blumen mit seiner Sommerjacke zu tarnen.

»Vorsicht!«, ermahnt ihn Zimmermann. »Sie drücken doch die Blüten platt.«

»Oh, entschuldigen Sie«, sagt Stefan schnell. Er ärgert sich.

Eigentlich sollte der Lux hier sitzen, aber der hat unbedingt den Platz links neben Lisa haben wollen.

Angeblich, weil er Trude dann näher ist.

Blödsinn! Der wollte nur nicht neben Zimmermann sitzen.

Wo bleibt der Lux überhaupt?

Lasse findet er eh nicht in dem Getümmel.

Der Schussel hat bestimmt die Uhrzeit verdaddelt.

Lisa, die links von Frau Zimmermann sitzt, hält ebenfalls nach Niklas und Lasse Ausschau.

Elisabeth Zimmermann betrachtet währenddessen staunend die aufwendige Bühnendekoration. »Wunderhübsch, wie die vielen bunten Fische von der Bühnendecke hängen, und die riesige Neptunfigur am Rand, einfach toll!« Sie wendet sich jetzt an Lisa: »Wissen Sie«, sagt sie freundlich, »auf wen ich mich am meisten freue?«

»Nein«, antwortet Lisa. »Kennen Sie denn eine der Teilnehmerinnen?«

»Na, und ob! Ich bin ein Riesenfan von ihr und habe schon viele Sachen nach ihren Videovorlagen angefertigt. Schauen Sie mal meine Handtasche, die habe ich selbst gehäkelt, und die Weste mit dem Netzmuster, die ich über meiner Bluse trage, auch. Dass ich Häkelcathy heute in natura sehe, freut mich riesig.«

Elisabeth Zimmermann dreht sich zu ihrem Mann und schenkt ihm einen Augenaufschlag.

»Danke, mein Schatz!«, sagt sie und tätschelt seine Wange. »Das ist wirklich eine gelungene Überraschung und eine nette Mitarbeiterin hast du …«, lobt sie mit einem seitlichen Blick auf Lisa.

Lisa werden plötzlich die Knie weich.

Wer hat denn dieses Gerücht verbreitet?

Häkelcathy hatte sich nie bei dem Wettbewerb angemeldet und Steven Meyer nimmt bestimmt nicht als deren heimliche Vertretung teil. Der ist zu seiner Suse nach Berlin gezogen. Er hat die Schnauze voll von der Küste, hat die Chefin berichtet.

Lisa sieht auf ihr Handy. In zwei Minuten marschieren die Teilnehmerinnen ein. Sie warten hinter der Bühne. Ab und zu lugt eine von ihnen neugierig um die Ecke.

Da kommt der Oberkommissar ja endlich!

Aber ohne Lasse.

Niklas nimmt eilig neben Lisa Platz und begrüßt Hauptkommissar Zimmermann und seine Gattin mit einem flüchtigen Kopfnicken.

Die beiden schauen bereits gespannt nach vorn.

Jutta Petersen tritt an das Mikrofon und eröffnet den Meerjungfrauen-Kostümwettbewerb mit einer knackigen, kurzen Rede.

Dann gibt sie ein Handzeichen – Musik erklingt.

Unter dem rhythmischen Klatschen der Zuschauer marschieren die Teilnehmerinnen auf die Bühne.

»Da! Da ist sie!«, jubelt Elisabeth Zimmermann.

Ihr Mann nickt nachsichtig. »Ja, mein Liebes«, sagt er, »ich hab's dir doch versprochen.«

Verwundert starrt Lisa zu den Meerjungfrauen, die sich der Reihe nach auf die Bühne stellen.

Häkelcathy ist auch dabei.

Ist sie tatsächlich zu uns nach Laboe gereist?

Lisa hat während ihrer Recherchen unzählige Fotos und Videos der Prominenten geprüft.

Nein.

Die Dame mit der blonden Perücke und dem gehäkelten Meerjungfrauenkostüm ist niemals die echte Häkelcathy.

In dem Moment stößt Niklas sie an.

»Da vorn ist er«, sagt er leise.

»Wer?«

»Na, Lasse.«

Lisa reißt die Augen auf. »Wo denn?«, zischt sie.

»Er steckt in dem gehäkelten Kostüm. Ich hab seinen schelmischen Blick sofort erkannt«, antwortet Niklas.

Lisa wird blass.

Erschrocken sieht sie zu Elisabeth Zimmermann neben sich.

Sie hat nichts bemerkt.

Niklas' Blicke wandern derweil zu Gesa und Trude, die ein paar Reihen weiter schräg hinter ihm sitzen.

Die beiden klatschen begeistert, als Jutta Petersen die einzelnen Teilnehmerinnen vorstellt.

»Alles paletti!«, raunt er Lisa zu. »Die Chefin hat auch nichts bemerkt.«

Lisa atmet tief durch.

Wie komme ich hier nur früher weg?

»Wunderschöne Kostüme, nicht wahr?«, schwärmt Frau Zimmermann neben ihr. »Kannst du mir bitte nachher ein Autogramm von der Häkelcathy besorgen?«, fragt sie ihren Mann. »Bei deinen guten Beziehungen ist das bestimmt ein Kinderspiel für dich, nicht wahr?«, sagt sie und streichelt stolz seine Hand.

»Wer ist denn deine Favoritin?«, flüstert Trude Gesa zu.

»Ach, mir gefallen einige«, antwortet Gesa, »aber ich werde für Wenke Iversen abstimmen. Ihr Fischschwanz mit den vielen kleinen Muscheln ist wirklich zauberhaft.«

»Also, ich finde das gehäkelte Kostüm am schönsten«, meint Trude, »aber die Dame stakst damit so unbeholfen über die Bühne …«

Gesa kneift die Augen zusammen, um besser sehen zu können. Die gleißende Nachmittagssonne blendet sie.

Schade, dass sich die leichte Bewölkung inzwischen aufgelöst hat.

»Meinst du die Große mit der blonden Perücke, Trude?«

Die läuft tatsächlich wenig elegant.

Nein!

Sie geht genau wie Lasse!

»Trude!«, stöhnt Gesa. »Hast du zufällig einen Schnaps dabei?«

Ende

JAVY

Liebes Lesepublikum,

vielleicht haben Sie bereits einige Ostseekrimis mit Lux und Bähr gelesen und sind Fan geworden oder Sie geben jetzt dem vierten Buch dieser Reihe eine Chance, um es zu werden. ***In jedem Fall bedanke ich mich herzlich****, dass ich Ihnen unterhaltsame und spannende Lesestunden bereiten darf.*

Ein Riesendankeschön geht ebenfalls an meine Familie, meine Freunde und an alle, die an dem Buch professionell mitgearbeitet oder mich fachlich beraten haben.

Liebes Lesepublikum, wenn Ihnen „Grabstille Ostsee" gefallen hat, freue ich mich sehr über Ihre Bewertung bei Amazon. Vielen Dank, dass Sie sich die Zeit dafür nehmen.

Lust auf mehr?

Bisher sind erschienen:
„Totschöne Ostsee" (Lux und Bähr 1)
„Mordgierige Ostsee" (Lux und Bähr 2)
„Todkalte Ostsee" (Lux und Bähr 3)
„Grabstille Ostsee" (Lux und Bähr 4)

Doch die ***Ostseekommissare Lux und Bähr*** *ermitteln weiter und haben gemeinsam noch viel vor.*
Die nächsten spannenden Fälle folgen umgehend.

Wenn Sie ***A. Collin*** *auf Amazon folgen, werden Sie sofort über jede Neuerscheinung informiert.*

Oder Sie schreiben mir unter der E-Mail:
A.Collin@online17.de
Ich beantworte gern Ihre Fragen und Sie erhalten zu jeder Neuerscheinung einen Newsletter.

Viele Grüße
aus dem Norden
von Ihrer Autorin A.Collin

P.S.
Wer gern mehr über das Vorleben von Oberkommissar Niklas Lux erfahren möchte, dem empfehle ich die spannenden Krimis aus der Reihe „Ein Fall für den Maler“.
Alle sechs sind bei Amazon als E-Book und Taschenbuch erhältlich und dort auf der A.Collin Autorenseite zu finden.

IMPRESSUM

Grabstille Ostsee
Vierter Fall für Lux und Bähr
Küstenkrimi

Asja Collin c/o Medienzentrum
Hamburg Rondenbarg 8 /22525 Hamburg
info@javy-verlag.de
Lektorat, Satz, Umschlag: JAVY Verlag
Korrektorat: www.contexta.de
Bildquellen: pixabay.com

Druck: Amazon Distribution GmbH
Amazonstraße 1, 04347 Leipzig

ISBN: 978-3-948820-34-3

Printed in Poland
by Amazon Fulfillment
Poland Sp. z o.o., Wrocław

20744604R00131